Jonathan Swift

Lemuel Gullivers Reise nach Lilliput

Jonathan Swift

Lemuel Gullivers Reise nach Lilliput

ISBN/EAN: 9783744700030

Hergestellt in Europa, USA, Kanada, Australien, Japan

Cover: Foto ©Andreas Hilbeck / pixelio.de

Weitere Bücher finden Sie auf **www.hansebooks.com**

Lemuel Gullivers

Reise

nach Lilliput

H.

aufs neue

frei verdeutscht

von

C. H. K . . . . n.

Kopenhagen 1786.

bey Ole Hegelund,

und in Kommißion bey Korte in Flensburg.

An

Sophie B******

in

K...

Werthgeschätzte Freundin!

Ich benuße diese Gelegenheit Ihnen hier öffentlich den wärmsten Dank für Ihre Freundschaft abzustatten, mit welcher Sie mich verschiedene Tage meines Lebens beglückt und angenehm unterhalten haben. Ich besiße nichts als ein Herz voll Dankbarkeit womit ich Ihre Freundschaft wieder vergelten könnte.

Zäh=

Zählen Sie mich ferner unter die Zahl Ihrer Freunde, so werde ich mich bey allen Widerwärtigkeiten dieses Lebens die meine Tage umwölken, doch allezeit für den glücklichsten Erdensohn halten,

R. im August 1786.

R —

Kleine Borerrinnerung.

Unter allen Swiftſchen Schriften, iſt gewiß die Reiſe nach Lilliput eine der ſchön-
ſten und intereßanteſten. Das ſtarke komi-
ſche der Situationen und der unwiederſteh-
liche Strom von Laune, muß ſelbſt den
kälteſten Philoſophen, und den gleichgültig-
ſten Menſchen zum lauteſten Beyfall bewegen.
Wundern muß man ſich daß niemand darauf
gedacht dieſes Werkchen in ein beßeres und
reineres Deutſch zu bringen, da man doch
jetzt alles hervorſucht, was dieſem nicht halb
beykomt.

Die Ausgabe die ſchon lange einmal
in Hamburg herauskam, iſt längſtens vergrif-
fen, und ſonſt kenne ich keine aparte Ueber-
ſetzung der Reiſe nach Lilliput. In Swifts

A 4   ſämmt-

sämmtlichen Werken. Zürich 1772 ist diese Reise zwar auch übersetzt aber nicht einzeln zu haben, und ist übrigens auch ein elendes Deutsch.

Durch die öftere Nachfrage wurde ich daher bewogen, einen Versuch zu wagen, und diesem Büchlein ein beßres Kleid zu geben, ob ich es beßer gemacht, oder wohl gar verschlimmert habe, mögen bescheidene Kunstrichter sagen.

Ich habe verschiedenes weggelaßen, was mir unnöthig schien, habe aber auch vieles dazugethan wodurch ich die Sache mehr verständlicher zu machen glaubte. Den Nahmen, wörtliche Uebersetzung, kann ich es daher gar nicht geben.

Man nehme nun so wie es ist, damit vorlieb, freuen wird es mich, wenn ich nur einigen Wenigen damit Vergnügen gemacht habe.

K. im August 1786.

K. —

Erstes

Erstes Buch.

Einige Nachrichten von Gullivers Familie,
seine Veranlaßung zu reisen, Schiffbruch,
und Ankunft auf Lilliput.

Gullivers Vater lebte auf einem kleinen Land-
gütchen in der Provinz Nottinghamshire, und
da er außer ihm noch 4 Söhne hatte, so kann
man leicht glauben daß alles sehr knap eingerichtet war, denn er hatte nur weniges Vermögen.
Sein Vater schickte ihn früh auf die Universität
Cambridge um daselbst zu studieren; aber eben
weil das Vermögen seines Vaters nicht hinrei-
chend war sich lange daselbst aufzuhalten, so be-

schloß

schloß er zu einen geschickten Wundarzt nach London in die Lehre zu gehen. Er hatte von Natur
große Neigung zur Schiffart, und ob er gleich
4 Jahre bey den Wundarzt zubrachte, so lernte
er doch lieber Mathematick und Schiffartskunst,
weil er gewiß glaubte er würde auf diese Art
einmal sein Glück machen. Nach vollbrachter
Laufbahn der Lehrjahre erhielt er von seinem Vater die Erlaubniß ein paar Jahre in Leyden
Medicin zu studieren. Durch seine und besonders
seines Oheims Unterstützung, konnte er auch daselbst recht gut subsistiren, und ob er auch gleich
fleißig studierte, so war doch immer sein einziger
Wunsch zu Waßer zu gehen.

Endlich wurde dieser erfüllt. Er kam aus
Leyden zurück, und erhielt auf einen Schiff die
Stelle als Wundarzt, wozu ihm sein ehema-
liger Lehrherr verholfen hatte. Mit diesen Schiff
machte er zwei Reisen nach der Levante und an
einige andere Orte. Nach seiner Zuhausekunft,
redete man ihm zu, sich in London zu setzen, und
ein Weib zu nehmen. Beydes that er, und alles
gieng im Anfange recht gut. Schon war er zwei
Jahr verheyrathet als sein Wohlthäter und ehe-
maliger Lehrherr starb. Freunde hatte er nur
wenige, und seine Patienten curirte er auch
um wenig Geld, öfters auch gar umsonst, daher kam es, daß seine Vermögensumstände von

Tage

Tage zu Tage schlechter wurden, so daß er endlich den Entschluß faßte sein Glück abermal auf Reisen zu suchen. Er gieng nun wieder auf ein Schiff als Wundarzt, machte verschiedene Reisen nach Ost- und West-Indien und erwarb sich nicht allein ein gutes Kapital, sondern machte auch in seinen Kenntnißen große Fortschritte. Er lernte viele Sprachen, laß viele Bücher, und suchte hauptsächlich die Sitten und Meinungen fremder Völker kennen zu lernen.

Nun war er aber des Herumschwärmens auf der See würklich müde, und er wünschte nun mit seiner Frau und Kindern in Ruhe zu leben. Er zog von Old Jury nach Fetterlane und von da nach Wapping um vielleicht bey den Schifsleuten daselbst was zu verdienen, seine Hofnüng würde ihm aber vereitelt. Er fand nicht was er zu finden geglaubt hatte, er wartete 3 Jahre auf Verbeßerung, allein umsonst. Der Schifs-Capitain Prichard that ihm den Vorschlag eine Reise nach der Süd-See zu machen, und weil ihm der Vorschlag sehr vortheilhaft schien, so nahm er ihn an, und gieng würklich im May 1699 abermals unter Seegel.

Wir wollen hier die Leser nicht lange mit Kleinigkeiten ermüden, die auf der Reise vorfielen. Sie war Anfangs sehr gut, und die Fahrt gieng nach Ost-Indien. Aber leider dauerte

te es nicht lange, denn einige Tage nach der
Abreise erhub sich ein heftiger Sturm der das
Schiff nach Nord-Westen trieb, und nach möglich richtiger Beobachtung war es 30 Grad, 2
Minuten Südlicher Breite. Schon war die Noth
sehr groß. Eine Menge Schiffsvolk mußte wegen
der vielen Arbeit und der schlechten Kost sterben,
und die übrigen befanden sich in einem Zustande,
der ihnen das Schicksal der erstern drohte. Doch
war das Elend noch nicht zu Ende. Die Matrosen entdeckten den 5ten November, bey einen
sehr dicker Nebel, Klippen, und weil das Schiff
kaum noch einen Büchsen-Schuß davon entfernt
war, und der Wind überdies das Schiff mit
der größten Gewalt dahin trieb, so war alle
Mühe daßelbe zu retten vergebens, es stieß
auf die Klippen und scheiterte. Einige von den
Schifsleuten worunter auch unser Gulliver war,
retteten sich auf ein Boot, und ruderten mit vieler Mühe der Klippe abwärts. Einen halben
Tag ruderten sie ohne daß sie wußten wo
sie waren. Ihre Kräfte die sie theils durch
Schrecken, theils durch die viele Arbeit verloh-
ren hatten, waren nun ganz erschöpft und sie
mußten sich der Gnade Gottes und den Wellen
ergeben. Der Sturm hatte sich zwar gelegt,
aber die See war noch sehr wüthend, das Boot
floh bald gen Himmel, bald in dem tiefsten Ab-
grund,

grund, und jeden Augenblick erwarteten sie ihren
Tod. Dieser erfolgte auch bald, das Boot wurde
verschlungen und alle die darinnen waren mußten umkommen, nur unser Gulliver rettete sich
durch Schwimmen. Bald aber hätte er auch
seinen Cammeraden nachfolgen müßen wenn ihm
nicht der Himmel ganz besonders günstig gewesen
wäre, denn er fühlte mit den Füßen Land.
Der Grund den er fühlte war ganz steil und mit
spitzen Steinen belegt, er mußte daher noch eine
lange Zeit im Waßer waden ehe er ans Land
kommen konnte. Ermüdet von den großen Be-
schwerlichkeiten, und abgemattet von der Son-
nenhitze legte er sich eine halbe Meile vom Ufer
in das Gras, er war dieserwegen so tief ins Land
gegangen um vielleicht Einwohner oder einige
Hütten zu entdecken, aber weil es schon Abend
war und er von Müdigkeit nicht mehr sehen
könnte, so legte er sich nieder, und schlief sanft
ein. — Da unsere Leser vielleicht auch schläfrig
sind, so schließe ich hier das erste Buch, beym
Erwachen können sie mit den zweiten anfangen.

Zwei-

Zweites Buch.

Gulliver ist gebunden, er erweckt große Verwunderung, man giebt ihm zu eßen und
zu trinken. Es erscheint ein Großer vom
Hofe. Man erleichtert ihm die Bande.

Vielleicht das Gulliver nicht so lange geschlafen hat, wie einige unserer Leser, vielleicht hat er
aber auch länger geschlafen, welches wir nicht
bestimmen können, genug wie er aufwachte war
es heller lichter Tag. Er wollte gleich aufstehen
allein er konnte nicht, Arme, Beine, Kopf und
Leib war fest gebunden. Daß diese Lage nicht
die beste gewesen seyn muß kann man leicht denken,
denn er lag auf den Rücken und die heißen Son-
nenstrahlen blendeten ihm sehr in die Augen. Es
kam ihm vor als wenn er einiges Geräusch um
sich hörte, allein da er sich nicht wenden konnte,
und nur immer gen Himmel sah, so konnte er
nicht bemerken was um und neben ihm vorgieng.
Endlich fühlte er eine Bewegung auf seinem
Schenkel, er glaubte es sey eine Maus die auf
seinem Leibe herumspazierte, aber wie groß war
sein Erstaunen als er dicht vor seinem Kinne
ein kleines Kerlchen stehen sahe, ohngefehr sechs

Daumen

Daumen groß, diesem folgten bald noch einige vierzig alle mit Bogen und Pfeilen bewafnet und mit Köchern auf den Rücken. Vor Erstaunen über diese kleinen menschlichen Creaturen that er einen heftigen Schrey daß sie alle zurückprallten, eine Menge von beyden Seiten herunter fielen, und einige Hals und Beine zerbrachen. Die übrigen die keinen Schaden gelitten hatten, kamen aber bald wieder, begleitet von vielen andern, und einer unter ihnen der seine Herzhaftigkeit wollte sehen laßen, kletterte so weit herauf daß er sein ganzes Gesicht übersehen konnte, dabey hub er Hände und Augen auf gen Himmel und sagte: Hekina Degul, und alle wiederholten: Hekina Degul. Nachdem er dieses nun so eine Zeit lang mit angesehn hatte, konnt er es nicht länger aushalten, er bemühte sich die Bande aufzulösen oder abzureißen, dies gelang ihm endlich. Die linke Hand war frey und den Kopf konnte er nun auch, aber mit Verlust vieler Haare auf die Seite drehen. Die kleinen Männchens glaubten daß er jetzt aufstehen möchte und entfernten sich mit der größten Geschwindigkeit. Sie erhuben ein lautes Geschrey und nachdem sie die Worte: Tolgo Phonac, einigemal ausgerufen hatten, so kam ein ganzer Regen Pfeile auf sein Gesicht und Körper welche ihm ohngefehr die Empfindung machten als wenn er sanft

mit

mit Stecknadeln gestochen würde, viele schoßen
sie auch in die Luft damit sie ihm wenn sie aus
der Höhe herunter fielen desto größern Schaden
machen könnten, aber er deckte seine Hand übers
Gesicht, und so schadeten sie ihm nichts. Jetzt
fing er laut an zu seufzen und sich zu bewegen;
wie sie dieses sahen schoßen sie weit mehre Pfeile
ab, und einige suchten sogar ihm mit Spießen
durch die Seite zu stechen, weil er aber dick an-
gezogen war, so konnte auch dieses Unternehmen
nichts fruchten. Er hielt aber indeßen doch fürs
beste sich so lange ruhig zu halten bis es Nacht
würde, wo er sich völlig loß zu machen glaubte.
Die Furcht vor die Einwohner war ihm ganz benommen worden, denn er machte den Schluß,
daß wenn die andern eben nicht größer wären,
er auch nicht bange seyn dürfte. Wie sie nun
sahen daß er stille war so schoßen sie auch nicht
mehr, denn sie mochten wohl glauben daß sie
ihm großen Schaden zugefügt hätten, und er vielleicht um sich nicht noch größern Unglücke auszu-
setzen, auch ruhig wäre.

Gulliver dachte sie würden nun gehen,
aber ihre Anzahl vermehrte sich noch mehr, und
nahe an seinem Kopf wurde ein Gerüste aufgerichtet ohngefehr 1½ Fuß hoch. Auf dieses
wo ohngefehr ihrer viere Platz haben konnten,
stieg vermittelst eine Leiter ein Person hinauf die

er wegen des schönen Anzugs für einen Vornehmen hielt, und redete ihm an wovon er aber kein einzigs Wort verstand. Ehe er aber noch seine Rede anfing sagte er: Längro Dehulsan, und augenblicklich waren eine Menge bereit die Stricke womit die Haare des Gullivers festgemacht waren, abzuschneiden, damit er den kleinen Redner recht sehen könne. Er war ohngefehr so alt wie man bey uns sagt, ein Mann in seinen besten Jahren, und von Statur länger als die andern die um ihn waren. Hinter ihm stand ein Page und trug die Schleppe seines Kleides, dieser war ohngefehr einen guten Finger lang, und neben ihm auf beyden Seiten standen zwei andere Personen auf deren Achseln er sich lehnte. Seine Rede verstand Gulliver zwar nicht, aber aus seinen Mienen konnte er doch abnehmen daß er sich viel Mühe gab, und bald sanftmüthig, bald drohend sprach. Gulliver bezeigte sich außerordentlich demüthig, und gab mit Geberden und Worten zu verstehen, daß er ihn sehr hoch schätze. Weil er aber sehr hungrig war so deutete er durch Geberden daß er was zu eßen wünschte, und steckte, um dieses recht deutlich auszudrücken seinen Finger in den Mund. Dieses verstand der Hurgo der die Rede gehalten hatte, und befahl man sollte ihm zu eßen bringen. Als bald wurden

B   von

von beyden Seiten des Gullivers Lettern ang=
lehnt, und ihm auf diese Art in kleinen Körbchen
die Speisen gebracht. Sie bestanden in Fleisch
von allerley Thieren, welches aber doch nicht recht
zu unterscheiden war, dem Anschein nach waren
es Keulen, Schultern und Rücken, von Scha=
fen und Kälbern, aber doch nicht größer als die
Keule einer Lerche. Das Brod welches er be=
kam hatte die Größe einer Flinten=Kugel, und
da er bey jeden Bißen immer 3 Brode und eben
so viel Keulen nahm, so verwunderten sich die
kleinen Einwohner über die Größe seines Appe=
tits. Wie er nun halb und halb satt war, so
verlangte er auch zu trinken, und machte es ih=
nen durch Geberden verstehend. Da diese Na=
tion von Natur sehr sinnreich ist, so schloßen sie
aus dem was er gegeßen hatte, er auch viel trin=
gen würde. Sie rollten ihm daher eins ihrer
größten Fäßer auf den Leib, schlugen den Boden
aus und schoben es ihm nach den Mund zu.
Ohne viele Mühe und ohne seinen Durst gelöscht
zu haben, leerte er es in einem Zuge aus, denn
es war nach unserm Maaß ohngefehr ein halb Nö=
ßel darinnen enthalten. Der Geschmack des
Getränks schien ihm angenehmer als Bur=
gunder Wein, und da sein Durst noch nicht ge=
löscht war, so brachte man noch ein Faß, wel=
ches er eben so geschwind ausleerte, aber nun
                                    war

war nichts mehr zu hoffen. Sie erhuben hier=
auf ein lautes Geschrey, tanzten auf seinem Leibe
herum und gaben ihm zu verstehen er möchte
nun die Fäßer in die Höhe werfen, vorher aber
warnten sie die Umstehenden bey Seite zu gehen
damit kein Unglück geschehen möchte. Er that
es, warf die Fäßer in die Luft und alle schrien:
Hekinah Degul. Es kam ihm oft die Lust an
einige funfzig mit seiner Hand zu ergreifen und
sie zu Boden zu werfen, aber er bedachte sich
gleich, weil er versprochen habe ihnen kein Leid
zu thun, und überhaupt würde es auch gegen
die Gesetze der Gastfreundschaft gewesen seyn, wenn
er eine Nation beleidigen wollte, die ihm mit
so vielen Kosten und Aufwand so gut bewirthet
hatte.

Gulliver konnte die Unerschrockenheit dieser
kleinen Leute nicht genugsam bewundern, denn
sie krochen ihm den Leib und die Aerme herauf
wie die Mäuse, und ohnerachtet er die eine Hand
frey hatte, so fürchten sie sich doch im geringsten
nicht. — Jetzt war von Sr. Kayserl. Majestät
ein Gesander geschickt worden, dieser stieg in Be=
gleitung 6 anderer Personen seinen rechten Fuß
herauf, blieb dicht vor seinem Gesicht stehen, und
zeigte ihm ein Kayserl. Schreiben mit deßen In=
ßgel, er redete mit Entschloßenheit und zeigte
immer auf eine gewiße Gegend, und dies war

der

der Ort wo die Hauptstadt des Landes lag, und
wohin er auf Befehl des Kaysers gebracht werden sollte. Gulliver gab nun durch Zeichen zu
verstehen, daß er seiner Banden gern ganz entledigt seyn möchte, er hob seine Hand über den
Abgesandten empor, damit er ihm und seinem
Gefolge keinen Schaden verursachen möchte, und
legte sie sanft auf seinen eignen Leib nieder. Dies
verstand zwar der gute Mann, aber er schüttelte
mit dem Kopf und gab ihm zu verstehen daß
man ihn als Gefangenen wegbringen würde, er
aber überdieses nichts zu befürchten habe, man
ihm auch mit Essen und Trinken reichlich ver-
sehen würde. Gulliver versuchte hierauf nochmals
seine Bande zu zerreißen, aber eine Menge Pfeile
machten ihn dazu unvermögend, denn einige
blieben stecken, und die Wunden schwollen hoch
auf, so daß er ihnen endlich bedeute man möchte
mit ihm machen was man wolle, hierüber waren sie sehr vergnügt, und der Hurgo begab sich
mit vielen Complimenten hinweg.

Wie dieser Herr weg war so erhub das
Volk ein Freudengeschrey, und die Worte: Pe-
plom Selan, konnte man zuwiederholtenmalen
deutlich verstehen, dabey wurden ihm die Bande
auf der linken Seite loß gelaßen damit er sich auf
die rechte wenden konnte. Diesen Zeitpunkt
benützte Gulliver, richtete sich etwas auf und
da

da ihm eine Verrichtung sehr drückte, so machte er eine Bewegung woraus sie schließen konnten was er jetzt zu thun willens sey. Sie
machten also von beyden Seiten Plaz, weil sie
befürchteten von den Strom des Waßer welches
er von sich ließ weggeschwemmt zu werden. Nachdem er daßelbe mit großen Geräusch und mit
Erstaunen der Anwesenden gelaßen hatte, so
brachten sie köstliche Salben, womit sie ihm
seine Wunden die die Pfeile verursacht hatten,
bestrichen, so daß er in kurzer Zeit nicht die geringste Empfindung mehr davon hatte. Jetzt
überfiel ihm der Schlaf aufs neue, weil die
Speisen sehr nahrhaft gewesen waren, und ihm
auch die Aerzte unter den Wein einen Schlaftrunk
gemischt hatten, welches er später hin erst erfuhr.

Ganz sicher ist es daß sie alles dieses vorher so veranstaltet haben mußten, indem er
schlief, daß sie es an den Kayser berichtet wie
sie ihm gefunden, daß dieser so gleich seine Geheime-Räthe versammlet, welche beschloßen
ihm binden zu laßen, Speisen und Getränke
herbey zu schaffen, und eine Maschine zu verfertigen, worauf er nach der Residenz gebracht
werden sollte. Alles dieses mußte vorher schon
zubereitet gewesen seyn. Indeßen war es gewiß
sehr weislich und edel gehandelt, denn wenn ihm
nun die Leute mit ihren Spießen und Pfeilen

im Schlaf hätten umbringen wollen, und er von
den Schmerzen aufgewacht wäre, hätte er nicht
in der Wuth vielleicht die Bande zerrißen und
die ganze Nation vernichten können?

Drittes Buch.

Gulliver wird mit Hülfe einer künstlichen Maschiene nach der Hauptstadt gebracht. Es erscheint der Kayser.

Die Nation hat in der Mathematick große
Fortschritte gemacht, der Kayser der selbst ein
Kenner der Mechanick ist, hat viele Maschienen
bauen laßen worauf man die schwersten Laßen
fortbringen kann. Seine größten Kriegsschiffe
deren einige auf 9 Fuß lang sind werden gleich
im Wald wo das Holz dazu wächst gearbeitet
und auf solchen Maschienen bis in die See trans-
portirt, welche oftmals auf 400 Ruthen davon
entfernt ist. Auf eine der größten dieser Maschienen sollte Gulliver nach der Residenz gebracht
werden. Dieses Fuhrwerk war 3 Zoll hoch, 7
Fuß lang und 4 Fuß breit, und hatte 22 Räder.
Es war gleich wie sie ihm im Gräse schlafend
gefunden

gefunden hatten, die Ordre gegeben worden daßelbe herbey zu schaffen, und ohnerachtet dieses ohngefehr 4 Stunden nach Güllivers Ankunft aufs
Land geschehen war, so kam es doch jetzt erst
an, man kann daraus ersehen wie mühsam so
eine Maschine von einen Ort zum andern zu
transportiren gewesen seyn muß. Jetzt wurde
sie in gerader Linie neben seinen Körper gebracht,
aber nun war die Frage wie sie diesen großen
Mann darauf legen sollten. Es wurden daher
80 Stangen, deren jede einen Fuß hoch war,
aufgerichtet, die stärksten Seile von der Dicke
eines Bindfaden wurden mit Hacken an die
Stricke befestigt wo mit Gülliver am Hals, an
den Aermen, an den Leib und an den Beinen
gebunden war. Nun mehr zogen auf 900 der
stärksten Leute an den Seilen welche über Glo-
ben giengen die an den Stangen befestigt waren,
und so wurde er mit vieler Mühe auf die Maschiene gebracht, und darauf fest gebunden. Alles
dieses geschah wie Gülliver noch schlief.

Jetzt wurden 1500 der besten Kayserl. Pferde, jedes ohngefehr vier und einen halben Daumen hoch, vorgespannt und die Fahrt gieng nun
nach der Hauptstadt welche eine halbe Meile
von den Ort entfernt lag. Noch war Gülliver
von seinen Schlaftrunk nicht erwacht, aber durch
einen kömischen Vorfall wurde er aufgeweckt.

Vier

Vier Stunden mochten sie gefahren seyn, so
mußten sie weil etwas an der Maschiene entzwey
gebrochen war, anhalten, um den Schaden aus
zubeßern.   Einige junge Herrchen wollten sich
unterdeßen zum Zeitvertreib eine Lust machen,
und sehen wie der große Mann schlief, und was
er dabey für eine Miene annehme. Sie stiegen die
Maschiene hinauf, und näherten sich Gullivers
Gesicht. Ein Gardeoffizier der seine Herzhaftigkeit recht sehen laßen wollte, nahm seinen Spon-
don und steckte ihn ziemlich weit in das linke
Nasenloch des Schlafenden. Gulliver dem es
vorkam als wenn er mit einem Strohalm gekizelt
würde, erwachte, und nießte einigemal, die jungen Herrchen erschracken hierüber heftig, und
schlichen sich ohne von ihm gesehen zu werden
ganz sachte davon. Die Reise gieng nun den
ganzen Tag fort bis die Nacht einbrach, wo er
von 1000 Mann bewacht wurde, deren die eine
Hälfte Jackeln, und die andere Bogen und
Pfeile hatte, damit sie, wenn er die geringste
Bewegung zur Befreiung gemacht haben würde,
gleich ihre Pfeile auf ihm losschießen konnten.
Mit Aufgang der Sonne fuhren sie weiter und
gelangten in der Mittagsstunde an einen Ort an,
der ohngefehr eine viertel Meile von der Hauptstadt entfernt war. Hier erschien nun der Kayser mit seinen ganzen Hofstaat, würde auch gewiß

wiß auf Gulliver in hoher Person gestiegen seyn,
hätten ihm nicht seine Ministers die Gefahr deren er sich aussetzte, recht lebhaft geschildert.

An dem Orte wo die Maschiene stille gehalten, stand ein alter Tempel den man für den
größten im ganzen Reiche hielt. Vor einiger
Zeit war aber darinnen ein Meuchelmord geschehen, weswegen er nach dem Eifer des Volks
entweihet, seiner Kostbarkeiten beraubt, und von
nun an zu weltlichen Sachen gebraucht wurde.

In diesen leeren Tempel sollte Gulliver lo-
giren. Die größte Pforte deßelben lag gegen
Norden und war 4 Fuß hoch, und 2 Fuß breit,
so daß Gulliver hinein kriechen konnte. An jeder
Seite war ein Fenster 6 Zoll von der Erde ge-
rechnet. Durch das zur linken Hand befind-
liche, steckte der Hofschmidt 91 Ketten, in der
Größe unserer Damen Uhrketten, welche mit
36 Vorlege-Schlößer an Gullivers linken Bein
befestigt wurden. Zwanzig Fuß den Tempel gegen über auf der andern Seite der Landstraße,
stand ein Thurm, der wenigstens 5 Fuß hoch
war, auf diesen Thurm begaben sich Ihre Majestät mit den vornehmesten Ministern, um Gulliver von da aus in Hohen Augenschein zu nehmen.

Der Zulauf des Volks war sehr groß und
man rechnete das wohl auf 100000 Menschen
aus der Stad zu gegen waren. die Wache konnte

das

das Volk ohnmöglich abwehren, und es ist sicher
daß auf 10000 mit Hülfe der Leitern auf den
großen Mann nach und nach stiegen, es würden auch wohl noch mehrere gewagt haben ein-
gleiches zu thun wenn es nicht Ihre Majestät bey
Lebensstrafe verbothen hätten.

Nachdem sie ihn nun recht fest angeschloßen
zu haben glaubten, schnitten sie die Stricke womit er an die Maschiene angebunden war, ab,
und Gülliver stand nun ganz verdrüßlich von seiner übeln Lage auf. Das Volk war hierüber
so erstaunt, wie Gülliver aufstand, und hin und
hergieng, und das Getümmel deßelben wurde so
groß, daß es nicht mit Worten zu beschreiben ist.
Die Ketten womit sie ihn an den linken Fuß
festgeschloßen hatten, waren ohngefehr zwei Ruthen lang so daß er nur einen kleinen Halbzirkel
vor- und rückwärts gehen konnte, und da sie in
den Tempel 4 Zoll tief befestigt waren, so konnte
er auch in denselben hinein kriechen, und sich da
auf die Erde niederlegen.

Vier-

Viertes Buch.

Der Kayser von Lilliput kommt selbst Gülliver zu sehen. Beschreibung dieses Kaysers. Man unterrichtet Gülliver in der
Landes Sprache. Man durchsucht seine
Taschen. Aufsatz aller der Dinge die
man bey ihm fand.

Nachdem er eine zeitlang gelegen hatte, so stand
er auf um sich etwas um zu sehen. Er konnte sich
nicht erinnern so eine schöne Gegend je gesehen
zu haben. Es schien ihm alles wie ein Garten
zu seyn, und die Felder, welche auf einige vierzig Fuß ins Gevierte hatten, kamen ihm wie die
Blumenbeete vor. Die Felder wechselten mit
Waldungen ab, worinnen die höchsten Bäume,
ohngefehr auf 7 Fuß hoch waren. Zur linken
Hand, sahe er die Hauptstadt, welche die Größe
des Models der Stadt Jerusalem hatte, das
man vor einigen Jahren vor Geld sehen konnte.

Gülliver war schon ein Paar Stunden von
einer natürlichen Nothwendigkeit geplagt worden,
deren Entledigung ihm in nicht geringe Verlegenheit setzte. Endlich wußte er kein besser Mittel

tel als dieses: Er kroch in sein Haus, machte
die Thüre zu, gieng in einen Winkel und befreyte
sich da von dieser Bürde. Diese Unreinlichkeit
muß man ihm nicht übel nehmen, so bald
man die Verlegenheit und die Umstände bedenkt
in denen er sich befand. Nachher aber verrich-
tete er diese Nothwendigkeit unter freyen Himmel
an seinem Hause ehe noch jemand zu ihm kam,
wo es denn alle Morgen zwey dazu bestimmte
Kerl auf einer Schubkarre wegschaffen mußten. —

Nachdem dieses vorbey war kroch er wieder
aus seinem Harse heraus um frische Luft zu
athmen. Und da sahe er denn daß der Kayser
der schon vom Thurme herunter gestiegen war,
sich ihm zu Pferde näherte. Aber bald wären
Ihro Majestät hier unglücklich gewesen, denn das
Pferdchen welches dergleichen bewegliche Berge
zu sehen nicht gewohnt war, bäumte sich in die
Höhe, und schnaubte. Ihro Majest. die sehr
gut reiten konnten, hielten sich doch so lange fest
im Sattel bis seine Leute herbey eilten das
Thier beym Zügel faßten, und es besänftigten,
worauf denn der Kayser sogleich abstieg. Er be-
trachte ihn hierauf von allen Seiten mit der
größten Verwunderung, und gab den Küchen-
und Keller-Meister den Befehl daß sie ihm zu
Essen und zu Trinken geben sollten; welches sie
auch schon in Bereitschaft hatten, indem sie

ihm

ihm die Speisen auf eine Art kleiner Wagen hin-
schoben daß er solche mit den Händen erreichen
könnte. Fünfzig dergleichen Wagen waren mit
Speisen und zehn andere mit Getränken beladen,
jeder Wagen enthielt zwey bis drey gute Mund-
bißen, und die mit Getränke, verschiene kleine thö-
nerne Krüge, welches er alles in kurzer Zeit ver-
zehrte. Die Kayserin, die Prinzen und die Prin-
zeßinnen von Geblüte nebst einer Menge Hofdamen saßen anfänglich auf Stühlen, wie aber der
Kayser kam und ihm der Zufall mit dem Pferde arrivirte, so verließen sie ihre Plätze und ver-
sammelten sich um ihn herum.

Der Kayser ist einen halben Zoll länger,
als alle ander die an seinem Hofe sind, und
wenn er auch sonst keine Eigenschaften mehr hätte, so wäre dies genug, Hochachtung gegen ihm
zu haben. Aber so hat er eine schöne männliche
Gesichtsbildung, eine hohe Nase, große Lippen,
die Haut ist Olivenfarb, geht aufrecht, und
alle seine Glieder sind zu den Körper propor-
tionirlich, seine Geberden sind mit Anstand,
und sein Gang ist majestätisch. Er war damals
wie Gulliver auf dieses Land verschlagen wurde
28 Jahr und einige Monate alt, und hatte schon
7 Jahr mit erwünschter Glückseeligkeit und sieg-
reich regiert. Gulliver um ihn recht gut betrachten zu können, legte sich auf die Erde, und

hielt

hielt seinen Kopf so daß er auf des Kaysers Leib in einiger Entfernung sehen konnte. Die Farbe seiner Kleider war einfach ohne Pracht, und die Tracht war etwas von der Asiatischen und Europäischen, auf den Kopf trug er einen dünnen Helm von Gold mit Juwelen besetzt, welcher noch über dies mit einer Feder geziert war. In der Hand hatte er einen bloßen Degen, um, im Fall Gulliver sich etwa losreißen wollte, er zur Vertheidigung parat sey. Der Degen war 3 Zoll lang, und das Gefäß war von Gold mit Diamanten besetzt. Die Stimme des Kaysers war sehr fein, aber doch gut zu verstehen, denn wenn Gulliver aufrecht stand, so konnte er alles was er sprach deutlich hören. Alle Hof-Damen und Hof-Cavallire waren so bunt gekleidet, daß die ganze Gegend wo sie zusammen standen, einer schön gemalten Tapete glichen. Der Kayser redete Gulliver öfters an, er antwortete auch, aber der Kayser verstand ihm nicht. Einige Geistliche, und Rechtsgelehrte (denn nach der Kleidung hielt sie Gulliver dafür) bekamen den Befehl mit ihm zu sprechen; Er sprach Deutsch, Holländisch, Italienisch, Spanisch, Lateinisch, aber keiner verstand eine Sylbe. Wie denn alles vergebens war, so begab sich der Hof wieder zurück, und eine starke Wache blieb auf der Stelle um den Muthwillen des Pöbels zu steuren, der für Begierde den

den großen Mann näher zu kommen, ganz rasend war, ja einige waren so verwegen daß sie sogar mit Pfeilen nach ihm schoßen, wodurch er bald das eine Auge eingebüßt hätte. Aber der Obriste von der Wache ließ die Räthelsführer dieser Verwegenen beym Kopf nehmen, und durch die Soldaten gebunden in Gullivers Hände liefern; er nahm sie alle in eine Hand, steckte 5 davon in seine Rocktasche und den 6ten machte er Miene auf zuziehen. Das arme Kerlchen schrie aber so entsetzlich daß selbst die Offiziere bange wurden, zumal da sie sahen daß er sein Federmeßer heraus holte. Aber er quälte ihn nicht lange, sondern schnitt mit seinen Meßer die Stricke entzwei womit er gebunden war, und setzte ihn in Freiheit, welches er auch so mit den 5 andern machte, worauf sie denn vergnügt davon sparngen. Dieses glimpfliche Betragen gefiel den Soldaten und allem Volke wohl, und auch bey Hofe freute man sich sehr darüber.

So wie die Nacht wieder herein brach, kroch Gulliver wieder in sein Häuschen, und legte sich auf den Boden nieder, denn mit diesen Lager mußte er auf 14 Tage vorlieb nehmen, bis der Kayser den Befehl gab ihm ein Bette bauen zu laßen. Dies geschah. Es wurden auf 600 Stück Betten auf Wagen herbeygeschaft und 150 davon wurden zusammen geheftet, wodurch ohngefehr die

die Länge heraus kam, die übrigen wurden vier-
fach übereinander gelegt, und so machten sie es
auch mit den Bettüchern und Decken, aber dem
ohnerachtet war es eben so, als hätte er auf den
bloßen Steinen gelegen, gut war es daß er schon
abgehärtet war, und sich nicht viel daraus
machte.

So bald die Nachricht von dem großen
Mann im Königreiche bekannt wurde, so kam
eine große Menge Volk Reicher und Armer,
um das Wunderthier zu sehen, so daß kein Logis mehr in der Hauptstadt zu haben war. Vic-
tualien und alles ward theuer, ganze Dörfer
blieben leer, und der Ackerbau, Land- und Haus-
wirtschaft wurde so sehr vernachläßigt, daß man
eine allgemeine Theurung vermuthete, wenn der
Kayser diesen Unwesen nicht durch ein Decret
gesteuert hätte. Dieses lautete also: "Daß alle
die den großen Mann nun gesehen, sich gleich
nach Hause begeben, und nicht wagen sollten,
seiner Wohnung bis auf 50 Ruthen zu nähern,
es wäre denn daß sie eine besondere Erlaubniß
vom Hofe hätten." Hierbey verdienten sich die
Herren Staats-Secretair manches gute Duceur.

Während der Zeit dieses alles vorgieng,
hielt Ihro Maj. der Kayser öfters Rath, was
dabey anzufangen wäre, denn der Hof war in
großer Verlegenheit, man befürchtete Gulliver
möchte

möchte sich einmal losreißen, oder der kostbare Unterhalt, möchte vielleicht eine Hungersnoth zu wege bringen. Einige schlugen vor man sollte ihm verhungern laßen, andere man sollte ihm mit giftigen Pfeilen tödten. Aber hier wendeten wiederum andere dagegen ein, daß der Gestank seines Körpers eine Pest verursachen, und das halbe Reich vielleicht aussterben möchte. Alle diese Berathschlagungen aber hörten bald auf, so bald die Offiziere Gullivers Betragen gegen die 6 Mißethäter meldeten, welches denn die gute Wirkung hatte, daß der Kayser den Befehl ertheilte, daß alle Dörfer im Reiche jeden Morgen 6 Ochsen, 40 Schaafe, andere Lebensmittel, und Getränke liefern sollten, wofür ihnen aus der kayserlichen Schazkammer die Bezahlung angewiesen wurde. Der Kayser lebte bloß von den Einkünften seiner Kammer-Güther, und nur bey außerordentlichen Vorfällen legte er seinen Unterthanen Abgaben auf, dagegen mußten sie ihm auch für ihre eigene Kosten Kriegsdienste thun. Sechshundert Personen wurden jetzt angewiesen Gulliver aufzuwarten, diese bezahlte der Kayser dafür aparte Kostgeld, und damit sie immer zugegen seyn konnten, so mußten sie Zelte um das Haus, wo er logirte, aufschlagen und da selbst wohnen. Ferner wurden 300 Schneider bestellt, welche ihm nach der neusten Mode des Landes Kleider ver-

C

verfertigen sollten. Sechs der gelehrtesten Männer mußten ihm in der Sprache unterrichten,
und die Kayserl. Pferde sollten alle Tage vor den
großen Mann gebracht werden, damit sie seiner
gewohnt würden. Alles dieses wurde auf höchsten Befehl pünktlich befolgt, und in kurzer Zeit
konnte Gulliver schon vieles von ihrer Sprache
verstehen, auch der Kayser kam öfters zu ihm,
und wohnte seinem Unterrichte bey, und sagte
ihm selbst oft diese und jene Wörterbedeutung.
So bald er nur etwas sprechen konnte so bath er
den Kayser ihm in Freyheit zu laßen, und diese
Bitte wiederholte er oft und kniend. Aber seine
Antwort war, daß dies nicht so geschwind geschehen könne den ehe seine Räthe nicht darein
willigten, wäre noch gar nicht daran zu gedenken,
und überhaupt müße er auch erst schwören daß
er dem Reiche auf keine Art Schaden zufügen
wolle, es würde ihm nichts Leides geschehen,
aber dagegen verlange er auch daß er gegen seine
Unterthanen bescheiden handle, damit er sich bey
dem Volke Liebe erwürbe. Diese Antwort beschloß er damit, daß er es sich würde gefallen laßen
wenn ihm 2 seiner Offiziers visitirten, weil er
vermuthete er habe tödliche Instrumente bey sich,
die um so gefährlicher seyn mußten, wenn sie
nach Proportion seiner Größe auch groß wären.

Gulli-

Gulliver sagte daß er sich dieses gern gefallen ließe, und daß er sich vom Kopf bis zum Füßen ausziehen wollte, er machte auch schon Miene, seine Taschen auszureimen, aber der Kayser bedeute ihm daß dies nach den Gesetzen durch zwey Offiziere geschehen müße, und daß er mehr als zu gut von seiner Grosmuth überzeugt sey, daß er diesen beyden Leuten nichts böses zufügen würde, auch sollte er alles bey seiner Abreise entweder wieder bekommen, oder es sollte ihm dasjenige dafür bezahlt werden, was er fordern würde. Hierauf wurden die beyden Visitateurs herbey gerufen welche Gulliver in seine Taschen steckte. Die beyden Herren hatten Dinte und Feder bey sich und schrieben alles genau auf, was sie gesehen und gefunden hatten.

Hier ist das Inventarium selbst:

In der rechten Tasche des Ober-Rockes des Mannes genannt Berg *) fanden wir nichts weiter als ein Stückchen Zeug, welches in den größten Saale Sr. Majestät des Kaysers zum Fußteppicht gebraucht werden könnte. In der linken Tasche fanden wir einen großen Silbernen Kasten mit einem Deckel welchen wir aber nicht heraus zu nehmen in Stande waren. Wir befohlen, daß er ihn aufmachen solle, einer von uns stieg als dann

C 2   hinein,

---

*) Quinbus Flestrin.

hinein, und trat bis an die Knie in eine Art
von Sand, und indem einige Stäubchen uns in
die Nase flogen, so mußten wir beyde gewaltig
stark und oft niesen. In der rechten Westen-
Tasche, fanden wir ein großes Paquet von dün-
ner weißer Materie, welche alle über einander
gelegt war und die Dicke dreyer unserer Männer
hatte. Auf den Umschlag waren schwarze Figu-
ren gezeichnet, und das Ganze war mit einem
starken Seile zusammen gebunden. Wir hielten
dieses für Schriften, davon ein jeder Buchstabe
halb so groß als eine unserer Hände war. In
der linken Westen-Tasche war eine Maschiene, auf
deren Rücken ohngefehr 20 lange Pfähle befestigt waren, von der Größe der Palisaden die des
Kaysers Thiergarten umgeben, womit vermuthlich der Mann, Berg, seine Haare kämmen muß,
denn wir wollten ihm nicht zu oft fragen weil
wir Mühe hatten ihm zu verstehen. In der rechten großen Tasche seines Mittel-Kleides *) sahen
wir eine hole Eiserne Säule, von der Länge eines
Mannes, welche an ein stark Holz länger noch
als die Säule selbst, befestigt war. An der Seite dieser Maschine ragten noch mehrere große
Stücken Eisen von besonderer Gestalt hervor, welche wir aber nicht zu benennen wißen. In der
linken

*) Renfu Lo. (Beinkleider).

linken Tasche befand sich eben so eine Maschiene.
In der kleinen Tasche zur rechten Hand, fanden
wir eine Menge kleiner Stückchen von weißen und
rothen Metalle verschiedener Größe. Einige davon, welche wir für Silber hielten, waren, so
schwer, daß wir beyde sie nicht aufheben konnten. In der linken Tasche, waren auch zwei
schwarze Säulen von unregelmäßiger Figur, deren Gipfel wir von dem Boden der Tasche, wo
wir standen, kaum erreichten, eine davon war
bedeckt, und schien aus dem Ganzen zu seyn.
An dem obern Theile der andern befand sich eine
weiße runde Figur in der Größe zweier unserer
Köpfe. Eine jede dieser Säulen enthielt eine sehr
große lange Platte von Stahl, welche wir uns
zeigen ließen, weil wir befürchteten, es möchten
etwa gefährliche Instrumente seyn. Er zog daher
das eine heraus, und sagte, daß er sich damit
seinen Bart abputze, und das andere, welches er
uns auch zeigte um die Spiesen zu zerschneiden.

Es befand sich an jeder Seite noch eine Tasche, oder nur an den obern Theil des Mittel-
kleides zwei Spalten, die durch den Druck seines
Bauches so sehr zusammen gepreßt wurden, daß
wir nicht hineinkommen konnten. Aus der rechten dieser Taschen, hieng eine lange silberne
Kette, an welcher unten eine besondere Figur befestigt war. Wir befohlen ihm, uns zu sagen

wozu

wozu diese Kette nütze: Hier zog er damit eine
große Kugel hervor, auf deren eine Seite Silber,
und anf der andern ein durchsichtig Metall war:
durch das letztere sahen wir besondere Zeichen,
welche wir mit unsern Fingern untersuchen wollten, aber das durchsichtige Metall hielt uns davon ab. Hierauf hielt er uns die Kugel vor das
Ohr, und da hörten wir ein Geräusch, wie ohngefehr das Klappern einer Mühle, wir kamen
da auf den Einfall daß entweder ein unbe-
kanntes Thier, oder wohl gar des großen Mannes Gott darinnen seyn müße, letzteres kam uns
noch wahrscheinlicher vor, weil er uns (zwar
sehr undeutlich) versicherte, daß er ohne dem Rath
dieser Kugel nichts vornähme, und daß sie ihm
die Zeit zu allen seinen Verrichtungen bestimme.
In der linken Tasche war ein großes Netz befindlich, welches wir zum Fischen sehr gut würden
brauchen können, dieses konnte er aufziehen, und
hier sahen wir einige dicke Stücken gelbes Metall, wenn dieses Gold war, so mußte so ein
Stück gewiß viel werth seyn. —

Wie wir nun nach Ew. Majestät höchsten
Befehl alle seine Taschen genau durchsucht hatten, so fanden wir noch um seine Weste einen
großen Gürtel, der wohl von einem Thiere seyn mußte. Zur linken Seite hing ein
Schwerd daran, 5 Mannes Länge, und zur rechten

ten ein Sack der in 2 Fächern abgetheilt war,
wo in jeden Fach gern unserer 3 Mann Platz
haben konnten. In den einen befanden sich einige Kugeln von sehr schweren Metall, und der
Größe eines unserer Köpfe, deren eine der stärkste Mann nicht aufzuheben vermögend seyn würde.
In den andern Fach waren eine Menge kleiner
schwarzer Körner von unbedeutender Schwere,
denn wir konnten deren auf 50 Stück in eine
unserer flachen Hand halten. —

Alles dieses fanden und sahen wir bey den
Manne genant Berg, welcher sich übrigens mit
aller Ehrerbietung bey der Durchsuchung aufge-
führt hat. Am 4ten Tage des 89ten Monden
der Regierung Eurer Majestät, unterzeichnet und
gesiegelt.

Clefrin Frelock, Marsi Frelock.

Nachdem sie fertig waren bathen sie Gulliver
sie wieder auf die Erde nieder zu setzen, damit sie
solches dem Kayser überreichen könnten. Der
Kayser nahm es und sagte mit freundlicher Miene zu Gulliver, daß er nun alles überliefern
sollte. Zu gleicher Zeit aber hatte er auch befohlen,
daß 3000 Mann mit ihren Bogen und Pfeilen
bereit seyn sollten. Gulliver der aber nur mit dem
Kayser zuthun hatte, sahe die Mannschaften nicht.
Zuerst verlangte der Kayser daß er seinen Degen
aus der Scheide ziehen sollte. Er that es, und

C 4 ob-

obgleich der Degen von den Seewaßer etwas ver-
roſtet war, ſo blißte er doch noch ſehr ſtark. Das
Volk erhob ein lautes Geſchrey, denn die zuruck-
prallenden Sonnenſtrahlen blendete, indem er
den Degen hin und her ſchwung, ſehr in die Augen. Der Kayſer als ein beherzter Herr war
weniger als das Volk erſchrocken. Jetzt befahl er
ihm, den Degen wieder einzuſtecken, und ihn vor
ſich hinzulegen.

Wie dies vorbey war wollte er auch die
hohlen eiſernen Säulen ſehen, wodurch er ſeine
Piſtolen verſtand. Gulliver zog eine hervor und
ſagte ihm den Gebrauch derſelben, er ladete ſie
nur mit Pulver (denn dieſes war wegen der guten Pulvertaſche nicht naß geworden) warne-
te aber auch zugleich den Kayſer nicht zu er-
ſchrecken, und ſchoß ſie in die Luft. Hier war
das Schreyen und der Schreck ungleich größer
als es bey den bloßen Degen geweſen war. Es
fielen ihrer Hunderte wie vom Blitz getroffen
zur Erde nieder, und ſelbſt der Kayſer konnte ſich
von den heftigen Schreck nicht ſogleich erholen.
Gulliver legte die Piſtolen neben den Degen hin,
ſo auch den Pulver-Sack und den Beutel mit
Kugeln, mit den Pulver ſagte er müße man
vorſichtig umgehen, weil es leicht durch ein ein-
ziges Fünkchen Feuer entzündet, und das ganze
Kayſerliche Schloß in die Luft geſprengt werden
könnte.

könnte. Die Taschen-Uhr die Gulliver nun auch
hervorzog wurde durch zwey der stärksten Leute
von des Kaysers Leibwache vermittelst einer Stange nahe an ihm hingetragen. Welches das An-
sehen hatte als wenn bey uns zwey Brauerknech-
te eine Tonne Bier auf einer Stange tragen.
Der Kayser bewunderte das unaufhörliche Geräusch dieser Uhr, und zugleich auch den Minu-
ten-Zeiger welchen er deulich sehen konnte, denn
das Gesicht dieser Nation ist weit stärker und
schärfer als das unsrige.. Er fragte die Gelehrten was sie wohl von allen diesen Instrumenten,
hielten. Ihre Meinungen aber darüber waren
sehr verschieden und sonderbar wie man sich es
leicht von Leuten vorstellen kann, die dergleichen nie
gesehen und gehört hatten, auch verstand Gulliver,
sie in allen Stücken nicht vollkommen. Er gab
auch nun sein Silber-, Gold- und Kupfer-Geld,
seine Schermeßer, sein Taschenmeßer, den Kamm,
seine Silberne Tobacksdose, das Schnupftuch und
die Brieftasche heraus, welches er aber alles wieder zurück bekam. Der Degen, die Pistolen,
nebst den Pulver- und Bleysack aber wurden auf
Wagens geladen und nach des Kaysers Zeug-
hauß gefahren. Er hatte auch noch eine Brille
und ein Fernglaß in eine verborgenen Tasche bey
sich, welches er aber, weil es den Kayser nichts
nüßen, und es auch ruinirt werden könnte, nicht
überlieferte.   Fünf-

Fünftes Buch.

Lilliputsche Lustbarkeiten, Gulliver erhält unter gewißen Bedingungen seine Freiheit.

Gullivers artiges Betragen hatte ihm die Gewogenheit des Kaysers, des ganzen Hofes und des Volks, so zuwege gebracht, daß er jetzt Hofnung schöpfte bald seine Freiheit zu erlangen, und dieses Betragen suchte er auch beyzubehalten, daher fürchtete sich jetzt fast kein Mensch mehr vor ihm. Oft legte er sich auf die Erde nieder, nahm 5 bis 6 Mann auf seine Hand welche darauf herum tanzten, ja auch die jungen Purssche und Mädchen spielten mit seinen Haaren. Einst fiel es dem Kayser ein, ihm an den Lustbarkeiten die bey Hofe gebräuchlich waren Theil nehmen zu laßen, und er mußte gestehen daß sie hierinnen allen Nationen die er noch gesehen weit an Pracht und Geschicklichkeit übertráfen. Am meisten aber gefielen ihm die Seiltänzer, welche auf einen weißen Faden, der 2 Fuß lang und 12 Zoll hoch über der Erde aufgespannt war, ihre Kunststücke machten. Diese Leute machen nicht so wie bey uns davon Profeßion, sondern ihre Absicht dabey ist eine Bedienung zu bekommen, und sich dadurch erst der Gnade des Kaysers zu versichern,

daher

daher üben sie sich von Kindheit auf in der Kunst,
sie sind übrigens nicht allemal von vornehmer
Herkunft oder guter Erziehung. Ist ein Amt
durch einen Todesfall ledig worden, oder hat
man einen der in Ungnade gefallen ist, davon ab-
gesetzt, so melden sich gleich ein halb Dutzend
solche Seiltanz-Canditaten bey den Kayser und
suchen um die Erlaubniß an, ihre Künste machen
zu dürfen, wo denn derjenige der es am geschicktesten macht, und am höchsten springt, die Bedienung erhält. Auch die vornehmsten Minister
und Räthe müssen oft ihre Kunststücke vor dem
Kayser zeigen, damit er sehen kann ob sie auch
noch Geschicklichkeit genug besitzen. Den Großschatzmeister Graf von Flimnap hielt man für
den größten Springer, denn er springt einen ganzen Zoll höher als alle andrre im ganzen Kay-
serthum. Gülliver sahe ihn wie er den künstli-
chen Haasensprung auf einen Teller, welcher an
das Seil angebunden war, machte, das Seil
war so dick wie ein Bindfaden. Der stärkste
nach ihm ist der Geheime-Secretair Keldresal ein
großer Freund des Gülliver, die übrigen Minister und Räthe geben sich einander in dieser Kunst
nicht viel nach. Sehr oft sind sie auch unglücklich, brechen Arm und Beine, oder fallen gleich
todt nieder. Gülliver sah zwey dieser Canditaten
die sich die Gliedmaßen zerschlugen. Die Minister

ster deren Glieder nicht mehr so geschmeidig sind,
und die doch um ihre Geschicklichkeit zu zeigen
und ihre Nebenbuhler übertreffen wollen, sind oft
sehr unglücklich. Zwey Jahre vorher ehe Gulliver
dahin kam würde dieser schon einmal erwähnte
Flimnax auf so eine Art den Hals gebrochen haben, wenn nicht von ohngefehr ein Sitzküßen des
Kayser bey dem Seile gelegen hätte, welches die
Gewalt im fallen schwächte.

Sie haben auch noch eine andere Art von
Divertissement die aber nur in Gegenwart des
Kaysers, der Kayserin und des ganzen Hofes ange-
stellt wird. Der Kayser legt nehmlich 3 Faden Seite
auf eine Tafel, deren der einer grün, der andere
roth und der dritte blau ist, diese Faden sind
als Belohnungen für die jenigen bestimmt, welche der Kayser für geschickt genug hält Gnadenzeichen zu ertheilen. Diese Lustbarkeit geschieht
im großen Staatssaale. Hier wird ein Stock
bald hoch, bald tief, quer in gerader Linie über
den Fußboden des Zimmers gehalten, worüber
die Canditaten vor- und rückwärts springen müßen:
oft hält der Kayser das eine und der erste Minister das andere Ende des Stocks, mehrentheils
aber hält ihn der Minister selbst. Wer nun
hier die größte Geschicklichkeit im Springen hat,
erhält den blauen, der andere den rothen, und
der dritte den grünen Faden, diesen binden sie sich
um

um den Leib, und dünken sich sehr viel dabey,
es sind auch viele Vornehme die einen solchen
Faden haben.

Die Kayserlichen Pferde, wie auch die Pferde der Cavallerie, nachdem sie täglich vor Gulliver
gebracht worden waren, wurden nun nicht mehr
schüchtern. Wenn er auf der Erde lag, so mußte
er seine Hand hinhalten, worüber einige von den
Kayserlichen Jägern mit ihren großen Springern
setzten, einige sprungen sogar über seinen Fuß weg,
welches sehr gefährlich ausgesehen haben soll.

Da man ihm doch allerley Vergnügungen
machte so glaubte Gulliver auch daß er berechtigt
dazu sey solche zu erwiedern. Er bath daher daß
man ihm möchte einige kleine Stöcke ohngefehr
zwey Fuß lang und eines natürlichen Menschen-
Daums dick, bringen laßen. Der Oberforstmei-
ster erhielt auch sogleich den Befehl solche herbey
zu schaffen. Den andern Tag in aller Frühe kamen einige Förster mit vielen Wagen deren jeder
mit 8 Pferden bespannt war, und brachten eine
ganze Menge solcher Stangen. Gulliver nahm
neune davon, schlug sie in ein Quadrat von
zwey und einen halben Fuß in die Erde, quer
über befestigte er vier andere ohngefehr zwey Fuß
hoch von der Erde. Hierauf nahm er sein
Schnupftuch und spannte es an die neun Stöcke
so fest, daß es einer Trommel glich. Wie es fer-

tig war fo bath er den Kayſer um Erlaubniß daß
eine Compagnie von 24 Mann Cavallerie auf
dieſes Gerüſte heraufkommen und da einige Ma-
növers machen dürfte, welches auch der Kayſer
gern zugab. Gulliver nahm hierauf einen Reuter nach dem andern und ſetzte ihn auf das
Schnupftuch. So bald ſie alle oben waren und ſich
in Ordnung geſtellt hatten, ſo theilten ſie ſich
in zwey Theile, griffen einander an, ſchoſſen mit
ſtumpfen Pfeilen, hauten ein, retirirten, und
zeigten mit einem Wort daß ſie in den Kriegs-
übungen nicht unerfahren waren; die vier an
den Seiten befeſtigten Stangen verhinderten daß
keiner herunter fallen und Schaden nehmen konnte. Dem Kayſer gefiel dieſe Beluſtigung außerordentlich, und er bezeigte große Luſt ſelbſt einmal auf dieſen Platz mit zu ſeyn, und das Co-
mando zu führen, auch beredete er die Kayſerin
daß ſie ſich von Gulliver in ihrem Seßel in die
Höhe heben laßen ſollte, damit ſie alles recht genau ſehen könne. Dieſes Vergnügen gieng allezeit recht gut von ſtatten, nur einmal riß ein
Hengſt von einem Rittmeiſter in dem er mit dem
Fuß ſcharrte ein Loch ins Schnupftuch und fiel
mit dem einen Bein hinein, aber Gulliver hielt
gleich die Hand unter das Loch, und ſetzte die
ganze Compagnie mit einmal auf die Erde nieder. Das Pferd hatte ſich an der linken Seite
etwas

etwas gequetscht, der Reuter aber bekam keinen
Schaden. Dadurch wurde diese Lustbarkeit aufs
gehoben, und Gulliver der sein Schnupftuch wies
der ausbeßerte, brauchte es nicht mehr zu solchen
Vergnügungen.

Drey Tage vorher ehe er seine Freyheit ers
hielt, kam eine Staffette an den Kayser welche
die Nachricht brachte, daß an dem Ort wo sie
den großen Mann gefunden hätten, eine unge=
heure schwere Maschiene läge, die ganz sonderbar
aussähe und wohl so groß als das Schlafgemach
seiner Majestät wäre. Lebendig wäre die Ma=
schiene nicht wie man anfänglich geglaubt hätte,
denn sie läge ohne die mindeste Bewegung am
Strande auf dem Graße, auch wären einige her=
umgegangen das Ding zu besehen, und um alles
genau zu untersuchen so wär einer auf des andern
Schultern gestiegen, um auf den Gipfel die=
ser Maschiene zu kommen, sie sey ganz flach,
und in der Mitte ein großes Loch, so tief
als zwey Mann hoch. Man glaubte daß es
dem Manne Berg zugehören müße, und wenn
es Ihre Majestät zu beaugenscheinigen geruhten,
so getraute man sich wohl diese Maschiene mit
5 starken Pferden nach der Haupstadt zu bringen.

Gulliver war diese Nachricht lieber als dem
Kayser, denn er bekam dadurch seinen Huth wie=
der, welchen er bey erlittenen Schiffbruch ver=
lohren

lohren zu haben glaubte, der ihm aber erst wie
er an den Ort gekommen wo er einschlief entfal-
ten war. Er beschrieb dem Kayser so gut er konnte den Gebrauch dieser Maschiene, und bath ihm
daß er doch den Befehl ertheilen möchte, daß
solche herbey geschaft würde. Den folgenden Tag
brachten sie ihm etwas beschädigt angefahren,
ohngefehr anderthalb Zoll hoch in den Rand
desselben hatten sie Löcher eingebohrt, zwei Harken
mit Seilen eingehenkt und Pferde vorgespannt,
und so wurde der Huth auf eine halbe englische
Meile gefahren, ohne eben allzu vielen Schaden
zu leiden.

Einige Tage nach diesen Vorfall, befahl
der Kayser aller Mannschaft die in der Nähe
der Residenz in Quartier lag, auf die erste Ordre zum Aufbruch fertig zu seyn, weil er sich
eine angenehme Belustigung machen wollte. Gülliver sollte nehmlich aufrecht stehen, und die
Beine auseinander sperren, damit alle Mannschaften Infanterie und Cavallerie, gleich wie unter einen Coloß durchmarschieren könnten. So
lächerlich dieses Gülliver auch vorkam, so that
er es doch um den Kayser nicht entgegen zu seyn,
und so marschierten 30000 Mann Infanterie und
1000 Mann Cavallerie mit klingenden Spiele
und fliegenden Fahnen unter seinen ausgesperten
Beinen durch. Der Kayser hatte die schärfsten
Befehle

Befehl ertheilt, daß jeder Soldat beym Durch-
marsch sich geziemend aufführen sollte, er konnte
aber doch dadurch nicht hindern daß einige junge Offiziers in die Höhe sahen und Gullivers zer-
rißene Beinkleider belachten.

Schon hatte er eine Menge Bittschriften seiner Freiheit wegen an der Kayser eingehändigt
und einhändigen laßen, als es endlich seine Majestät überdrüßig wurden, und die Sache bey
Sitzung des Geheimen-Raths vortragen ließen.
Die Herren waren alle einstimmig ihm seine Freiheit zu geben nur Skyresh Bolgolam, wollte
es durchaus nicht zugeben, dieser Mann hatte
so einen starken Haß auf Gulliver geworfen, ohne
daß er wußte warum. Er war Reichs-Admi-
ral, und stand bey den Kayser in großer Gnade,
weil er wirklich viel Geschicklichkeit besaß, er wurde aber auch wegen seines schlechten Characters
überall verachtet. Endlich wurde die Sache bey
dem ganzen Rathe durchgesetzt, und von dem Kayser bestätigt, auch dieser Skyresh Bolgolam
mußte seine Stimme dazu geben, doch setzte er
einige Bedingungen auf, welche Gulliver beschwören sollte. Er kam selbst und überreichte Gulliver die Artickel, welche ihm durch einen Secretair vorgelesen wurden, und welche er auch hernach
beschwören mußte, erst nach unserer Art, und dann
auch nach der Sitte ihres Landes; er mußte nehmlich

D   den

den rechten Fuß in die linke Hand nehmen den Mittelfinger der rechten Hand auf den Wirbel des Kopfs und den Daumen auf sein rechtes Ohr halten.

Die Artickel welche er beschwören mußte lauten von Wort zu Wort folgendermaßen:

Golbasto Momaren Evlame Gurdilo Shefin Mully Ully Gne. Der großmächtigste Kayser von Lilliput, der die Lust und Schrecken der Welt ist, deßen Reich sich auf 5000 Blustrugs, *) bis an das Ende der Welt erstreckt, Er der Monarch aller Monarchen, größer als alle Menschenkinder auf Erden; Seine Füße berühren den Mittelpunkt der Welt und sein Haupt reicht bis an Himmel, auf seinen Wink zittern alle Fürsten. Er, so hold wie der Frühling, so erfreulich als der Sommer, erquickend wie der Herbst, aber auch furchtbar wie der Winter, ꝛc. ꝛc. leget dem Mann Berg der in das Land gekommen ist, folgende Artickel zu beschwören vor Augen.

1) Soll der Mann Berg nicht eher aus Unsere Lande weggehen, er habe denn erst Unsere Erlaubniß mit dem großen Reichs Insigel erhalten.

2) Soll er sich nicht erfrechen in Unsere Hauptstadt zu kommen, außer mit Unserer allergnädigsten Bewilligung, wobey sich aber zwei Stun=

---

*) Sind bey uns ohngefehr 12 deutsche Meilen.

Stunden vorher alle Einwohner in ihre Häuser begeben sollen.

3) Soll der Mann Berg nur auf Unsere breitesten Landstraßen gehen, und sich nicht etwan auf eine Unserer Felder niederlegen, oder darauf treten.

4) Soll er sich ja in Acht nehmen, daß er nicht einen Unserer getreuen Unterthanen, oder deßen Wagen und Pferde zertrete, auch soll er keinen in seine Hände nehmen, ohne mit deßen eigener Bewilligung.

5) Soll er, wenn eine Staffette irgend wohin eiligst ausgefertigt wird, alle Monathe berechtigt seyn, die Staffette mit dem Pferde 6 Tage Reisen fortzubringen, und im Fall es nöthig, solche auch unbeschädigt wieder zurückholen.

6) Soll er sich verbinden ein Feind Unserer Feinde auf der Insel Blefusku zu seyn, und sich alle Mühe geben ihre Flotte zu ruiniren, mit welcher sie drohen eine Landung in Unser Reich vorzunehmen.

7) Soll dieser mehr gedachte Mann Berg bey müßigen Stunden Unseren Arbeitsleuten behülflich seyn, und die Steine mit herbey schaffen, womit Unser Kayserl. Thiergarten und andere Gebäude gedeckt und geziert werden sollen.

8) Soll er in Zeit von zwey Monathen, einen genauen Entwurf von der Größe Unsres

D 2   Reichs

Reichs einreichen, wo er seine eigene Schritte zum Maasstabe nehmen kann.

9) Wenn er endlich alle diese Artickel wird beschworen haben, soll er täglich so viel Speise und Trank bekommen, wovon 1724 Unserer Unterthanen satt werden können, freyen Zutritt bey Hof haben und aller Kayserl. Gnade gewährt seyn.

So gegeben in Unserer Kayserl. Burg Belfaborack am 12ten Tag des 91ten Monden Unserer Regierung.

Nachdem er alle diese Punkte (worunter freylich einige waren die ihm nicht sorecht gefielen, und sehr entehrend für ihm waren, welches er aber nur den Haß dieses Skyresh Bolgolam zu verdanken hatte) beschworen hatte, so wurden ihm die Ketten in Gegenwart des Kaysers abgenommen, er warf sich ihm zu Füßen, und stattete ihm die größte Danksagung dieserhalb ab, aber der Kayser befahl ihm aufzustehen, und versicherte ihm seiner Gnade, wenn er ein treuer und gehorsamer Diener seyn würde.

Der 9te Artickel fiel Gulliver besonders auf, und er fragte dieserhalb warum er eben so viel Speise und Trank haben sollte, als eine so ungleiche Anzahl von Leuten täglich verzehrten? Worauf man ihm die Antwort gab, daß die geschicktesten Mathematicker seinen Körper gemeßen hätten, und gefunden daß er sich wie zwölfe gegen

gen eins zu den ihrigen verhielte, und daß er
folglich eben so viel Speise und Trank erforderte,
als eine solche Anzahl von Lilliputaner zu sich
nehmen könnten. Hieraus kann man die Scharf-
sinnigkeit dieses Volks, und die gute Oeconomie
dieses großen Kaysers deutlich ersehen.

Sechstes Buch.

Beschreibung der Hauptstadt Lilliput, und
des Kayserlichen Schloßes, der Geheime-Secretair Keldresal unterrichtet Gülliver in der Verfaßung in welcher das
Reich steht. Gulliver erbiethet sich das
Reich für seine Feinde zu schützen.

Gullivers erste Bitte die er nach seiner erlang-
ten Freiheit an den Kayser that, war, daß er
ihm die Erlaubnis geben möchte, die Hauptstadt
Mildendo besehen zu dürfen. Der Kayser wil-
ligte mit dieser Bedingung sogleich in seine Bitte,
wenn er weder den Einwohnern noch ihren Häu-
sern Schaden zufügen wolle. Hierauf wurde sogleich durch einen Herold ausgerufen daß die

D 3   Ein-

Einwohner von Mildendo einen Besuch von dem
Manne Berg erhalten würden, weswegen sie sich in
ihre Häuser halten sollten, und sich es denn selbst
zuzuschreiben hätten, wenn ihnen etwas übels
begegnete. Gulliver begab sich hierauf dahin und
stieg über das große Thor gegen Abend in die
Stadt, er gieng sehr behutsam durch die breitesten
Straßen, seinen Rock zog er vorher aus, und
behielt nur die Weste an, damit er nicht etwa die
Dächer der Häuser mit seinen Rockschößen beschä-
digen möchte. Nach der Menge Menschen die an
den Fenstern und auf den Giebeln der Häuser
waren, schätzte er die Anzahl der Einwohner auf
fünfmal hundert tausend Seelen.

Mildendo hat eine große Mauer dritthalb
Fuß hoch und eilf Zoll dick, so daß sie mit Kutsch
und Pferden füglich darauf herumfahren können,
aller zehn Fuß hat sie starke Thürme. Die
Stadt selbst formirt ein Viereck, deßen jede
Seite auf 500 Fuß lang ist. Die 2 größten
Straßen welche sich kreuzen theilen die Stadt in
4 Theile, und sind 5 Fuß breit. Die kleinern
Straßen in welche Gulliver nicht kommen konnte, und in welche er nur hinein sah, enthiel-
ten ohngefehr 12 Zoll in der Breite. Im
Mittelpunkt der Stadt liegt der Kayserl. Pallast,
welcher mit einer 2 Fuß hohen Mauer umgeben
ist. Alle andere Privathäußer sind auf 20
Fuß

Fuß von den Pallaſt entfernt, ſo daß er ganz
frey ſteht. Gulliver hatte die Erlaubniß bekommen über die Schloßmauer herüber zu ſteigen,
daher konnte er das Schloß ſelbſt genau beſehen.
Der große Hof iſt ein Viereck von 40 Fuß, und
enthält noch 2 andere in ſich. In dem innerſten
ſtehen die Kayſerlichen Zimmer, welche er gerne
auch ſehen wollte, da aber die höchſten Pforten
die in dieſelben führen nur 18 Zoll hoch und 7
Zoll breit waren ſo konnte er nicht hinein kommen, er wollte über die Gebäude des äußern
Hofes herüberſteigen, allein da ſie 5 Fuß hoch
waren, ſo wäre dieſes nicht möglich geweſen,
ohne den größten Schaden dadurch zu verurſachen,
obgleich die Mauren von Steinen und auf 4
Zoll dick waren. Der Kayſer wollte ihm gern
die innere Pracht ſeines Schloßes auch zeigen,
über es konnte nicht ſogleich angehen. Doch
Gulliver wußte bald Rath dazu denn er war
ſelbſt neugierig ſolche zu ſehen; den 3ten Tag
darauf ſchnitt er einige der dickſten Bäume im
Kayſerl. Park mit ſeinem Meßer ab, und machte ſich ein paar Schemmel daraus, die ohngefehr
3 Fuß hoch waren. Mit dieſen Schemmeln
gieng er wieder nach der Kayſerl. Burg, und
wie er vor das äußerſte Gebäude gekommen war,
ſo ſtieg er auf den einen Schemmel und hob
den andern über die Mauer weg, wo er ihn

D 4   zwiſchen

zwischen das erste und andere Gebäude nieder-
setzte. Auf diese Art schritt er über die Gebäude
von einen Schemmel auf den andern weg, indem
er vermittelst eines Hackens allemal den einen hinter sich nach zog. Und auf diese Art kam er
auf den innersten Schloßplatz. Hier legte er sich
auf die Erde nieder, hielt das Gesicht vor die
Fenster des mittelsten Stockwerks, die deswegen
alle offen waren, und sah dadurch die pracht-
vollsten Zimmer. Die Kayserin und die jungen
Prinzen und Prinzeßen mit einen Menge Hofdamen umgeben, lächelten ihm freundlich an, und
die Kayserin war so gnädig ihre Hand zum Fenster heraus zu halten, welche Gulliver mit größter
Bescheidenheit küßte.

Vierzehn Tage nach Erlangung seiner Freiheit, kam der Geheime Staats-Secretair Reldresal zu ihm und bath ihm um eine kurze
Unterredung. Dieser Mann hatte Gullivern viele
Gefälligkeiten erzeigt, war auch wegen seiner
Verdienste sehr wohl gelitten, daher war ihm
dieser Besuch nicht unangenehm. Gulliver wollte
sich nieder auf die Erde legen, damit er ihn desto
beßer verstehen könnte, allein den Geheime-Secretair bath ihm er möchte ihn lieber in die
Hand nehmen.

Zuerst wünschte er ihm wegen seiner erlang-
ten Freiheit Glück, sagte aber auch dabey, daß
er

er solche schwerlich erhalten haben würde wenn
sich nicht das Reich jetzt in einer übeln Verfaßung befände. "So blühend, fuhr er fort, Dir
auch unsre Reich zu seyn scheint, so drohen ihm
doch zwey große Gefahren; die eine ist eine Fac-
tion im innern das Reichs, und die andere der
Ueberfall von einen mächtigen Feind von außen.
Schon mehr als 70 Monate haben sich zwey
Partheyen Trämecksan und Slamecksan, welche
sich durch ihre hohe und niedrige Absätze von
einander unterscheiden unter sich in diesem
Reich gestritten, die mit den hohen Absätzen kommen mit der alten Verfaßung unseres Reichs
am besten überein, allein der Kayser hat sich
vorgenommen, die Verwaltung aller Aemter die
von der Crone vergeben werden, mit solchen, welche niedrige Absätze tragen, zu besetzen, denn
selbst der Kayser trägt Absätze die einen Drur *)
höher seyn als aller anderer am Hofe. Die Er-
bitterung dieser Partheyen geht so weit daß sie
nicht zusammen eßen und trinken, ja nicht einmal mit einander sprechen wollen. Die Tra-
mecksanschen, sind uns an der Anzahl weit über-
legen, aber in deßen ist die ganze Macht auf
unserer Seite. Das schlimste dabey ist daß es
der Kronprinz selbst mit den Hochgeschuhten hält

D 5   den

*) Der vierzehnte Theil eines Zolls.

den er trägt einen Absatz höher als den andern,
woher es auch kömmt daß er etwas hinkt. „

„ Neben diesen innerlichen Unruhen werden
wir noch mit einen Einfall der Einwohner von
Blefußku bedrohet, welches nächst unsern das
größte Reich in der Welt ist. Ob Du uns gleich
von andern Königreichen und Staaten der Welt
erzählt hast, welche von Menschen Deiner Größe
bewohnt seyn sollen, so glauben dieses unsere
Weltweisen doch nicht, sondern vermuthen vielmehr daß Du aus dem Monde oder aus einen
großen Sterne herunter gekommen bist, da auch
unsere Chronicken die das Reich schon 6000 Monden besitzt von keinem andern Reiche als der
unsrigen und Blefußk Erwähnung thuen. „

Schon 36 Monate, sind wir in den härte-
sten Krieg mit diesem Reich verwickelt, welcher
von einer besondern Ursache seinen Ursprung hat.
Vor Alters hatte man die Gewohnheit wenn man
Eyer essen wollte, solche allezeit an den breiten Ende aufzumachen. Einst als des Kaysers Großvater
als Knabe auch ein Ey aufmachen wollte, so schnitt
er sich darüber im Finger, sein Vater lies daher
so gleich einen Befehl ertheilen daß man kein Ey
bey hoher Strafe an den breiten Ende mehr
aufmachen solle. Dadurch wurde das Volk so
sehr aufgebracht daß sie rebellirten, und wir finden in unseren Geschichtsbüchern daß ein Kayser

dabey

dabey das Leben, und ein anderer die Crone verlohr. Diese Unruhen sind immer von unsern
Feinden unterhalten worden, und wenn sie auch
einmal gedämpft waren so wurden sie durch die
Verwiesenen unsres Landes welche allezeit zu den
Feinden flüchteten, von neuen angefacht. Mann
will sogar die Berechnung gemacht haben, daß
auf 11000 Menschen lieber sterben, als die Eyer
an der spitzen Seite aufmachen wollten. Es
sind dieserwegen ganze Bände Streitschriften her-
ausgekommen, wovon aber die von der Gegen-
parthey stark verbothen sind.

"Mitten unter diesem Zwiste beschwerte
sich der Kayser unsrer jetzigen Feinde durch
seine Gesandten, das wir eine Irrung in der Religion machen wollten, denn es wäre ja einer
von den Hauptartickeln des großen Propheten
Lustrog, der in den 54 Capitel des Blunde-
ral *) angeführt sey und den wir zuwieder han-
delten. Dieses ist aber falsch denn im Grundtext
steht: Alle die da rechtgläubig sind, öffnen ihre
Eyer an dem Ende wo es sich gehört. Und
dies ist meines Erachtens wohl immer einerley
an welchen Ort man sie öfnet."

"Ju

*) Die Bibel der Lilliputaner.

"In den 36 Monaten in welchen wir mit Glück und Unglück einen heftigen Krieg führen haben wir 40 Lienien-Schiffe und eine Menge Fregatten nebst 30000 Mann Soldaten eingebüßt, aber der Verlust den unsere Feinde erlitten haben ist doch noch weit größer gewesen. Jetzt haben sie wieder eine Flotte ausgerüstet, und drohen uns täglich mit einer Landung, deswegen hat mich Seine Maj. der Kayser abgesand Dir dieses zu entdecken, weil er ein großes Vertrauen auf dich gesetzt hat, und weil er auf deine Stärke und Herzhaftigkeit alles baut."

Gulliver gab hierauf den Herrn Secretair den Bescheid, er möchte Seiner Majestät seines allerunterthänigsten Respects versichern, und ihm sagen daß er sich zwar als Fremder nicht in solche Händel mischen wollte die ihm nichts angiengen, wenn aber die Feinde einen Angriff auf sein Land machten, er Leib und Leben wagen würde, solches zu beschützen und zu vertheidigen.

Sie-

Siebentes Buch.

Gulliver erobert die feindliche Flotte. Er bekommt dafür einen Character. Gulliver löscht das Feuer das in der Kayserin Zimmer ausbrach.

Die feindliche Insel mit Nahmen Blefusku ist von Lilliput nur durch einen Canal getrennt, und liegt auf der nördlichen Seite. Gulliver hatte dieses Land in seinen Leben nicht gesehen, und jetzt war es auch nicht rathsam sich da sehen zu laßen, weil die Feinde wirklich einen Angriff im Sinne hatten und nur auf guten Wind warteten, auch ihm da leicht ein feindliches Schiff gewahr werden konnte. Er mußte sich also bey den erfahrensten Seeleuten erkundigen wie tief das Waßer im Canal sey, und da erfuhr er denn daß es bey hohen Waßer auf 70 und vor ordinair nur funfzig Glumgluffs *) tief sey. Er glaubte also hierbey nicht viel zu befürchten, und sagte dem Kayser daß er einen Versuch machen wollte, sich der ganzen feindlichen Flotte zu bemächtigen. Er gieng daher nach der nördlichen Küste.

---

*) 70 Glumgluffs sind ohngefehr 6 Fuß.

Küste von Lilliput, verbarg sich da hinter einige
Anhöhen, und untersuchte mit seinem Fernglase
die feindliche Flotte, welche aus 50 Linien-Schif-
fen, einer Menge Fregatten und Transport-
Schiffen bestand. Er gieng hierauf wieder zurück
und bath daß man ihm eine Anzahl der stärksten Thaue und eiserne Stangen herbey schaffen
solle. Diese erhielt er bald, die Thaue welche
nicht dicker als ein starker Bindfaden waren,
mußte er dreyfach nehmen, und die Eisen von
der Dicke und Länge einer Stricknadel mußte
er auch dreyfach über einander biegen, daraus formirte er eine Menge Hacken, und befestigte die Thaue daran. Mit diesen Werkzeug
begab er sich wieder ans Ufer, zog sich aus, wadete und schwamm durch den Canal, und kam bald
zu den Feinden über. So bald sie ihn sahen
erstaunten sie so sehr über dieses Wunderthier daß
sie alle über Bord sprängen und ans Land schwam-
men. Er schätzte ihre Anzahl auf 30000 Mann.
Jetzt befestigte er an jeden Schiff einen Hacken
mit einen Thau, und am Ende band er alle
Thaue in eins zusammen. Bey dieser Arbeit
schoßen die Feinde unaufhörlich mit ihren Pfeilen und verwundeten ihn sehr an Gesicht und
Händen, für seine Augen war er am mehresten
besorgt, er nahm daher seine Brille hervor befestigte sie an seinen Kopf, so daß sie ihm zu
ein

ein paar Schildern diente, worauf alle Pfeile
abglitschten und weder ihm noch seiner Brille großen Schaden thun konnten. Aber jetzt hatte er
noch die gefährlichste Arbeit zu unternehmen.
Die Schiffe lagen alle vor Anker, und wenn er
diese nicht abhauen konnte, so war seine ganze
Mühe umsonst. Er nahm daher sein Meßer,
schnitt die Ankertaue entzwey, nahm darauf den
Knoten der Stricke die an den Hacken hingen,
und so zog er alle 50 Liemlen-Schiffe mit einmal hinter sich nach und kam glücklich an den
Ufern von Lilliput an.

Das Nöthigste was er jetzt thun mußte, war
daß er sich die Wunden die ihm die Pfeile gemacht, mit der Salbe bestrich die man ihm
gegeben hatte, denn wirklich war er sehr ver-
wundet worden, so daß er unterwegens mit
der Flotte stille halten, und die Pfeile erst aus
dem Gesicht und Händen herausziehen mußte.

Die Feinde waren anfänglich bey allen seinen Unternehmungen ganz für Schreck verstummt,
denn sie mochten sich nicht einbilden daß sie ihre
ganze Flotte auf einmal verlieren sollten, wie sie
aber sahen daß alle Schiffe fort segelten, so
schrien sie so entsetzlich, und machten so einen
großen Lerm daß es nicht zu beschreiben ist.

In voller Erwartung standen Seine Maj.
der Kayser von Lilliput mit allen Hofleuten und

einer

einer Menge Volks umgeben am Ufer, um die Unternehmung Gullivers abzuwarten. Er sahe wohl daß sich die feindlichen Schiffe immer vorwärts bewegten, weil er aber Gulliver, der bis an Hals im Waßer wadete nicht bemerken konnte, so glaubte er gewiß daß er ertrunken sey und daß es die Feinde selbst wären, die nun eine Landung wagten, und war deswegen in der größten Angst. Aber bald verlohr sich seine Furcht, als er näher nachdem Ufer zukam und ausrief "Vivat großer Kayser von Lilliput.,, Sobald er aus dem Waßer heraus war empfing ihn der Kayser mit den größten Lobeserhebungen, und ertheilte ihm so gleich den Nahmen Nardac. *)

Der Kayser noch nicht zufrieden daß er die 50 Linien-Schiffe der Feinde ohne alle Mühe bekommen hatte, äußerte noch den Wunsch gegen Gulliver, daß er wohl auch noch die anderen Schiffe gern haben möchte, ja es schien als ob er sich des ganzen Reichs zu bemächtigen suchen wollte, um es dann von einen Stadthalter regieren zu laßen, und auf diese Art das Volk zu zwingen ihre Eyer an dem spitzen Ende aufzumachen, und der Monarch der ganzen Welt zu seyn. Allein Gulliver, sagte daß es ganz der Billigkeit und der Politik zuwieder sey, ein freyes tapferes

---

*) Nardac ist ein großer Ehrentittel.

tapferes Volk zu Sklaven zu machen, und daß
er sich wenigstens nicht dazu würde brauchen
laßen, auch stimmten alle vernünftige Räthe seiner Meynung bey.

Der Kayser war hierüber sehr unzufrieden,
und seine Unzufriedenheit, wurde durch Güllivers
Feinde immer mehr und mehr genährt, so daß
in kurzer Zeit zwischen dem Kayser und einigen
Ministern ein heimliches Verständniß wieder ihm
entstand, welches ihm beynahe das Leben gekostet hätte. Dies war der Dank für seine Mühe
und Lebensgefahr in die er bey Eroberung der
feindlichen Flotte gewesen war, aber es ist bey
großen Herrn nicht anders, sie vergeßen bald die
Dienste die ihnen ein Geringerer erwiesen hat,
und die ihnen doch oft den größten Nutzen schaffen.

Drey Wochen nach der Eroberung welche
Gülliver gemacht hatte, kamen 6 Gesande und
ohngefehr 600 Personen zur Begleitung von Blefusku an, um Frieden zu bitten, welcher auch
bald zum Vortheil des Kaysers von Lilliput geschloßen wurde. So wie die Tractate der beyden
Mächte geschloßen waren, so bekam Gülliver von
den Gesanden (denen man gesagt hatte, daß er
auf ihrer Seite sey) einen Besuch. Sie machten
ihm viele Complimente, rühmten sein großmü-
thig Betragen, und bathen ihm im Nahmen
ihres Monarchen, ihr Land zu besuchen, und

E   da

da auch seine ungeheure Stärke sehen zu laßen,
welches Gulliver alles zu thun versprach.

Er unterhielt sie eine lange Zeit, und ersuchte sie ihren Kayser den allerunterthänigsten Dank
für seine Gnade abzustatten, und daß er gewiß
ehe er in sein Vaterland zurückkehrte von der
gnädigsten Erlaubniß Gebrauch machen würde.
Er bath auch den Kayser ihm seine Erlaubniß
dazu zu geben, welche er ihm auch wiewohl mit
dem Merkmahle seines Unwillens ertheilte, welches daher kam weil Flimnap und Bolgolam die
Bekanntschaft mit den Gesanden für einen Be-
weiß seiner Untreue gegen den Kayser ausgege-
ben hatten.

Gulliver mußte mit den Gesanden durch
einen Dollmetscher sprechen, denn die Sprachen
sind ganz von einander unterschieden, eine jede
dieser Nation ist auf die Schönheit ihrer Sprache stolz, und verachtet die andere, aber dennoch
zwang der Kayser die Gesanden daß ihr Credenz-
Schreiben in Lilliputscher Sprache seyn mußte,
und daß sie auch ihre Anrede in derselben Sprache hielten. Weil beyde Nationen wegen des
starken Handels, und besonders wegen des
Unterschleifs der da getrieben wird, immer mit
einander zuthun haben, auch die jungen Leute
damit

damit sie die Welt kennen lernen, theils jene
nach Lilliput, theils diese nach Blefustu reisen,
so giebt es viele besonders unter den Kaufleuten,
die beyde Sprache verstehen.

Unter den Artickeln die Gulliver um seine
Freyheit zu erhalten unterzeichnen mußte, befanden sich (wie man sich noch erinnern wird) einige
die ihm eben nicht sonderlich gefielen, und er würde sich gewiß auch derselben nicht unterzogen
haben, wenn ihm nicht die äußerste Nothwendigkeit dazu gezwungen hätte, nachdem er aber
Nardac geworden war konnte er vermöge seines Nahmens solche gar nicht verrichten, der
Kayser hatte auch nie etwas dieserwegen gesagt.

Jetzt aber fand sich eine Gelegenheit wo er
den Kayser eine große Gefälligkeit erzeigte. Es
war mitten in der Nacht, als er von einer Menge Menschen durch ein heftig Geschrey aufgeweckt
wurde, die sich vor die Thüre seines Hauses versammelt hatten und Burglum, Burglum riefen.
Einige Hofbediente drängten sich durch den Hau-
fen und bathen Gulliver, doch eiligst nach den
Schloß zu kommen, weil die Zimmer der Kayserin durch Unversichtigkeit einer Hofdame die über
einen Roman eingeschlafen sey, in helle Flammen
gerathen wären. Gulliver stand gleich auf, und

E 2 kam

kam ohne jemanden zertreten zu haben vor das
Schloß an, denn der Kayser hatte sogleich Befehl gegeben, wenn der große Mann käme, sollte
man sich wegbegeben, auch war dieselbe Nacht
heller Mondenschein. Er fand bey seiner Ankunft
eine Menge Lietern an die Mauern angelehnt,
wo sie das Waßer vermöge Lederner Waßer-Ey-
mers heraufzogen; sie mußten das Waßer weit
holen, und die Eymer waren nur von der Größe eines Fingerhuths, daher half alle ihre Geschwindigkeit im Zutragen und Zulangen nicht weil
die Flamme schon zu heftig um sich griff. Gülliver hätte gern wenn er seinen Oberrock ange-
habt hätte damit das Feuer ersticken können, aber
so hatte er ihn in der Eil vergeßen, und war
nur bloß in seinen Ledernen Brustlaz. Das Unglück war so groß und der Zustand so bejam-
mernswürdig, daß gewiß das ganze Schloß ein
Raub der Flamme geworden wäre, hätte sich
nicht Gülliver in aller Geschwindigkeit auf eine
Hülfe besonnen.

Er hatte den Abend zuvor einen sehr deli-
katen Wein, den sie Glimigrim nennen, und der
das Waßer stark treibt, getrunken. Im Schlaf
empfand er die Würkung davon noch nicht, aber
jetzt durch die Bewegung und die Hitze gereizt,
drängte ihm daß Waßer sehr. Er mußte sich
                                    also

also seines Ueberflußes entledigen, indem er sein
Waßer in gehöriger Richtung nach dem Orte zu
gehen ließ, wo das Feuer am stärksten war, wodurch es denn auch in Zeit von 3 Minuten gelöscht wurde, so daß alle die prächtigen Gebäude über welche so viele Lilliputische Menschenalter
verstrichen waren, stehen blieben.

Gulliver gieng nun nachdem alles vorbey
war in sein Haus zurück, ohne vorher dem Kayser sein Compliment zu machen, weil er befürchtete, man möchte seine Hülfe die er geleistet
nicht allzugut aufgenehmen, denn es stand
die Lebensstrafe darauf, wenn jemand im Bezirck
der Schloßes sein Waßer abschlug. Man glaubte zwar daß man ihm einen Pardon bey Gerichte ausmachen könnte, aber es war nicht
möglich weil die Kayserin sehr aufgebracht war.
Ja sie hatte sogar gesagt, daß die Zimmer zu
ihren Gebrauch nie wieder aufgebaut werden dürf-
ten, und daß sie sich gewiß an ihm rächen würde.

Ach=

Achtes Buch.

Gelehrſamkeit, Geſetze und Gebräuche der Lilliputaner, ihre Kinderzucht, Gulli= vers Lebensart, er rettet den ehrlichen Nahmen einer Dame.

Es wird den Leſern nicht unangenehm ſeyn, wenn ich ihnen hier eine kleine Beſchreibung von Lilliput mache.

Die Größe der Einwohner iſt auf 6 Zoll, und ſo ſind auch nach Verhältniß, die Thiere, Bäume und Pflanzen beſchaffen. Die größten Pferde und die größten Ochſen ſind nicht viel über 5 Zoll hoch, die Schafe anderthalb Zoll, ihre Gänſe ſind wie unſere Sperlinge, und die kleinen Thiere kamen Gulliver wie Mücken oder Fliegen bey uns vor. Das Geſicht der Lilliputa= ner iſt ſehr ſcharf aber nur in der Nähe, denn in die Ferne können ſie nicht viel ſehen, ſo ſahe er einen Küchenjungen einſt Lerchen rupfen, wel= che nicht größer als unſere Stubenfliegen waren, ein andermal ſahe er ein kleines Mädchen wie ſie eine Nähnadel einfädelte, die er mit ſeinem Vergrößerungsglaſe nicht einmal deutlich genug

ſehen

sehen konnte. Die größten Bäume sind 7 Fuß
hoch, und Gulliver konnte die höchsten derselben
die im Kayserlichen Park stehen mit der Hand
bis am Gipfel erreichen. Ihre Gelehrsamkeit ist
im besten Flor. Ihre Schreibart geht weder
von den rechten zur linken, noch von der linken
zu rechten, sondern seitwerts von einer Ecke zur
andern, wie ohngefehr die Damen in England
schreiben. Ihre Todten begraben sie mit dem Kopf
unten, und die Füße oben, weil sie glauben daß
bey der Auferstehung welche nach 11000 Monaten seyn soll, sich die Erde umkehre, und daß sie
als dann gleich mit den Füßen aufrecht stehen
könnten; die Gelehrten halten diese Meynung
nicht richtig, aber weil es der gemeine Mann ein-
mahl glaubt, so wird diese Gewohnheit auch bey-
behalten. Ihre Gesetze sind den unsrigen ganz
entgegen, einige wären wohl werth daß man sie
bey uns auch einführte. Wenn zum Beyspiel,
ein Verbrecher angeklagt wird, und er kann sich
vor Gericht legitimiren, daß er unschuldig ist, so
wird der Ankläger beym Leben gestraft, der Un-
schuldige aber bekommt, für seine Gefangenschaft,
und für alles was er erdulten mußte, von den
Gütern des Anklägers alles 4 fach, und hat der
Ankläger selbst kein Vermögen, so bezahlt es der
Kayser. Der Kayser ertheilt ferner den Unschul-
digen ein besonderes Gnadenzeichen, und seine

E 4

Unschuld

Unschuld wird in der Stadt allenthalben durch die Herolde bekannt gemacht.

Alle Betrüger werden beym Leben gestraft. Denn ihre Meynung ist daß man sich vor Diebe, wenn man Vorsicht gebraucht, gern hüten könne, aber vor einen scheinheiligen Betrüger nicht, weil man ihm nicht ins Herz sehen kann. Und da Handel und Wandel eine nothwendige Sache in der menschl. Gesellschaft ist, so könnte allezeit ein ehrlicher Mann, wenn der Betrug erlaubt wäre, zu Grunde gehen, ein betrügerischer Kaufmann aber reich werden. Ein Mensch der seinen Herrn mit einer Summe Geldes fortgegangen war sollte am Leben gestraft werden. Gulliver that eine Vorbitte vor den Kayser seinetwegen, und sagte unterandern daß er nur das Vertrauen seines Herrn gemißbraucht habe. Aber der Kayser antwortete daß eben dadurch das Verbrechen nur noch mehr vergrößert würde. Gulliver konnte dagegen nichts sagen, als, ein jedes Land habe seine eigene Gewohnheiten.

Auf Belohnung und Strafe wird sehr genau bey ihnen gehalten. Kann jemand beweisen daß er alle Gesetze 73 Monathe lang pünktlich beobachtet hat, so kann er auf gewiße Vorrechte die seinen Stand angemeßen sind richtige Rechnung machen. Dazu bekommt er noch eine Summe Geldes und den Ehrentittel Snilpals oder Getreuer,

treuer, aber dieſer Titel geht nicht auf die Erben fort.

Gulliver ſagte den Lilliputanern, daß die Vollbringung unſere Geſetze blos durch Strafen, aber nicht durch Belohnung, eingeſchärft würden, worüber ſie ſich ſehr wunderten, und dieſes für einen großen Fehler hielten. Sie bilden daher ihre Gerechtigkeit mit 6 Augen ab, nehmlich zwey Augen vorne, zwey hinten, und auf jeder Seite eins, damit deuten ſie die Vorſichtigkeit an, in der rechten Hand mit einem offenen Geldbeutel, und einem eingeſteckten Schwerd in der linken Hand, welches bedeuten ſoll, daß ſie lieber belohnen als beſtrafen wollen.

Bey Beſetzung ihrer Aemter wird nicht ſo wohl auf Verdienſte als vielmehr auf Tugend geſehen. Ihre Meynung hierbey iſt: Weil Regiment und Obrigkeit in der menſchl. Geſellſchaft unentbehrlich ſey, auch ein jeder ordinaire Verſtand eines Menſchen hinreiche ein oder den andern Amte vorzuſtehen, und warum ſollte man aus öffentlichen Geſchäften ein Geheimniß machen daß es nur von wenigen Menſchen von hohen Geiſte (deren im Jahre kaum 3 gebohren würde) verſtanden werden kann?

Da alle Tugenden einen jeden frey ſtehen auszuüben, und er dann nur etwas Erfahrung habe, ſo müße er nothwendig dem Staate

E 5 nützlich

nützlich seyn, die enigen Bedienungen ausgenommen, wo gelehrte Männer dazu gebraucht werden. Ein Amt könne daher in keine üblere Hände fallen, wenn die Person große Verstandskräfte aber keine Tugend besäße, denn die Fehler die der Tugendhafte aus Dummheit, oder Unwißenheit begehe, würden nie für das gemeine Wesen so nachtheilig seyn, als die vorsezlichen bösen Handlungen eines andern der Geschicklichkeit genug besizt solche auszuführen, und gar noch zu vertheidigen.

Diejenigen welche keine göttliche Vorsehung glauben, bekommen gar keine Bedienung, denn da sich selbst ihre Könige für Statthalter Gottes auf Erden ausgeben, so halten sie es sehr für thöricht solche Leute zu ihre Unterbeamte zu ernennen, welche selbst diejenige Macht leugnen, unter der ihr eigener Herr steht.

Die Undankbarkeit ist eine der größten Verbrechen. Ein Mensch der seinen Wohlthäter übel begegnet, muß nach ihrer Meynung auch ein Feind aller Menschen seyn, von welchen er keine besondern Wohlthaten bekommen habe, daher sey er auch nicht werth länger zu leben.

Bey der Erziehung ihrer Kinder haben sie auch besondere Begriffe die den unsrigen ganz entgegen seyn. Die Fortpflanzung der Geschlechter gründet sich bey ihnen auf das allgemeine

meine

meine Gesetz der Natur, und ist daher der
bloße Begattungstrieb, sie glauben daß kein
Kind weder gegen Vater noch Mutter einige
Verbindlichkeiten habe, weil die Entstehung der
Menschen etwas ganz natürliches sey wo die Eltern weiter nichts dazu beytragen könnten, sondern vielmehr selbst dadurch Vergnügen genößen.

Sie haben öffentliche Schulen wohin die
Eltern verbunden sind ihre Kinder so bald sie
zwanzig Monathe alt seyn, hinzuschicken, weil man
sie aus obiger Ursache den Eltern nicht anver-
trauen dürfe. Diese Schulen sind nach dem Un-
terschied und dem Geschlecht der Kinder auch
verschieden, und es sind in einigen sehr geschickte
Lehrer, welche die Kinder zu den besten Mitbür-
gern des Staats bilden.

Erst etwas von den Knabenschulen:

Eine jede Schule wo Kinder vornehmer
Eltern sind, hat einige Profeßores nebst etlichen
Unterlehrern. Diese predigen ihnen Religion,
Gerechtigkeit, Ehre, Tapferkeit, Bescheidenheit,
Barmherzigkeit, Vaterlandsliebe und alle Tugenden auf das schärfste ein. Die Kinder sind
immer mit etwas beschäftigt, außer 2 Stunden
des Tags welche sie frey haben, und wo sie sich mit
Leibesübungen belustigen. Bis in ihr 4tes Jahr
werden sie angekleidet; hernach aber müßen sie
sich selbst ankleiden, wenn sie auch noch von so
vorneh-

vornehmen Herkommens wären. Die weibliche
Bedienten die unter 50 Jahre nicht seyn dürfen,
verrichten nur die gemeinsten Arbeiten. Die
Kinder dürfen sich mit keinen Dienstbothen fami-
liär machen, sondern wenn sie frey haben, so
kommen sie selbst unter sich zusammen, wobey
aber doch allezeit ein Unterlehrer gegenwärtig ist.
Hierinnen haben sie vor uns einen großen Vor-
zug, denn dadurch werden alle die frühzeiten bösen Eindrücke der Laster bey den Kindern verhütet.

Die Eltern dürfen ihre Kinder jährlich nur
2 mal besuchen, und auch bey diesen Besuchen
dürfen sie sich über eine Stunde nicht anhalten,
auch dürfen sie solche wenn sie weggehen weder
küßen noch etwas heimlich ins Ohr sagen, am
allerwenigsten sie mit Zuckerwerk oder andern Nä-
schereyen beschenken, und damit dieses nicht geschehen kann so ist allezeit ein Profeßor mit gegenwärtig. Ihre Kost und Kleidung ist wenig, aber doch
gut. Bezahlen die Eltern den Unterhalt und
die Erziehung ihrer Kinder nicht zu gehöriger
Zeit, so wird das Geld durch Kayserliche Beam-
te eingetrieben. Und auf diese Art sind auch die
andern Schulen wo Kinder gemeinen Standes
unterrichtet werden beschaffen, nur mit dem Unter-
schied, daß die welche eine Handthierung lernen
wollen, im 11ten Jahr in die Lehre gehen müßen,
dahingegen der Vornehmern Kinder bis ins 15te

Jahr

Jahr in dem Institute bleiben, wo sie in den letzten Jahren nicht mehr so strenge gehalten werden.

Nun noch etwas von den Mädchen Schulen.

Die Erziehung der Mädchen vornehmern Standes ist fast eben so wie jene der Knaben, bis ins 5te Jahr werden sie in Beyseyn eines Profeßors angekleidet, hernach aber müßen sie es selbst thun. Keine Hofmeisterin oder Aufwärterin darf sich unterstehen die Kinder mit Feenmärchen, Gespensterhistörchen und dergleichen zu unterhalten, wenn es endeckt wird, so bekommt sie den Staupbesen, kommt ein Jahr ins Zuchthauß, und wird in die wüstesten Gegenden des Reichs verwiesen. Sonst ist ihr Unterricht auch derselbe wie bey den Knaben, dabey werden ihnen aber noch einige Regeln in der Hauswirthschaft gegeben, auch müßen sie etwas Wißenschaften treiben, damit wenn sie verheyrathet werden, und die Schönheit verblühet ist, sie dennoch angenehme, und vernünftige Gattinnen, und gute Gesellschafterinnen seyn können. Ist das Mädchen 12 Jahr geworden, so ist sie mannbar, und die Eltern nehmen sie zu weiterer Versorgung aus dem Institute heraus, wobey manche schöne Thräne beym Abschiede einer Freundin im Busen rinnt.

In Schulen wo Mädchen von geringern Stande sind, wird auch daßelbe gelehrt; je nachdem

dem es ihren Stande angemeßen ist. Sollen sie
in Dienste gehn, so müßen sie in ihrem 7ten
Jahr aus dem Institute, sonst bleiben sie aber
bis ins 12te in demselben.

Die Eltern dererjenigen Kinder die in den
gemeinen Schulen sind, müßen außer dem jähr-
lichen Kostgeld, auch noch alle Monathe was sie
erübrigt haben an den Inspector des Instituts
geben, welches zu einen Capital gemacht und
den Kindern wieder ausbezahlt wird, wenn sie
selbst etwas für sich anfangen wollen. Auf diese
Art sind die Eltern im Aufwande sehr einge-
schränkt. Sie sagen, es wäre nicht genug daß
Eltern niedrigen Standes eine Menge Kinder
in die Welt setzten, sie müßten sie auch zu ver-
sorgen wißen, damit nicht diese Sorge den Staat
anheim fiel. Reiche Leute bestimmen allezeit für
jedes Kind eine gewiße Summe, welche auch
richtig abgetragen werden muß.

Die Kinder der Landleute haben nicht nöthig in die Schule zu gehen, weil sie nur das
Feld zu bearbeiten haben und dem Staate auf
keine andere Art Nutzen schaffen können. Arme
und kranke Personen werden in den dazu be-
stimmten Hospitäler gebracht, das Betteln ist
eine ganz unbekannte Sache.

Nun

Nun auch etwas von Gulivers eigener Lebensart die er in diesem Lande 9 Monathe und 13 Tage geführet hat.

Er hatte sich, weil er etwas Mechanik verstand, aus den stärksten Bäumen im Kayserlichen Park einen Stuhl und einen Tisch gemacht, worauf er bequem sitzen und eßen konnte. Es mußten ihm auf 200 Mädermädchen Hemden von der stärksten Leinwand verfertigen, die aber doch noch zu schwach war, so daß sie mußte über einander gelegt werden. Die Breite ihrer Leinwand ist ordinair 3 Zoll und die Länge eines ganzen Stücks 3 Fuß.

Wie sie ihm das Maas dazu nehmen wollten, mußte er sich auf die Erde niederlegen, sie maaßen mit einer Elle von der Länge eines Zolls vermittelst eines langen Faden seinen Hals, seine Schenkel und den Daumen, denn vermittelst ihre mathematischen Kenntniße wußten sie daß der Umfang des Daumens zweymahl, die Dicke des Gelenkes der Hand, und der Umfang des Halses zweymal, die Dicke des Leibes ausmach. Auch mußte er ihnen sein altes Hemd auf die Erde ausbreiten, und so machten sie ihm einige richt gute Hemden. Dreyhundert Schneider arbeiteten an einem Kleid, diese nahmen aber das Maaß auf eine andere Art.

Gulli -

Gulliver mußte knien, hierauf legten sie eine ihrer längsten Leitern an ihm an, und hielten ein Senkbley von den Hals an bis auf die Erde, welches die Länge seines Rocks war. Die Länge und Breite der Weste mußte er selbst messen. Das Kleid mußten sie in seinem Hause machen, weil sonst kein anderer bedeckter Platz groß genug dazu war.

Sein Essen besorgten 300 Köche, welche in kleinen Zelten mit ihrer Familie um Gullivers Haus wohnten. Ein jeder Koch hatte täglich 2 Schüsseln voll zu kochen; wenn er speißte, so setzte er 20 Aufwärter auf seinen Tisch, die übrigen standen mit Speisen und Getränken auf der Erde, welches sie auf den Schultern trugen. Wenn er nun etwas nöthig hatte, so mußten die Aufwärter die auf den Tisch standen, vermittelt großer Winden und Eymer dasjenige heraufziehen was er verlangte. Diese Maschine war ohngefehr wie unsere Ziehbrunnen. Eine jede Schüssel war allezeit ein Mundvoll, und eine Tonne leerte er in einem Zuge aus. Das Rindfleisch war viel besser als bey uns, aber das Schaffleisch wollte ihm nicht so gut bekommen. Er bekam einst das ganze Rückenstück von einem Ochsen, welches er mit Haut und Haar auf 3 Bißen aufaß, hierüber erstaunten die Aufwärter nicht wenig. Eine Ganß oder einen Trut-

hahn

hahn speißte er auf einen Bißen und von den
kleinern Vögeln konnte er ihrer 30 auf einmal
an die Gabel anspießen, und aufeßen.

Es fiel dem Kayser einmal ein, mit der
Kayserin und der ganzen durchläuchtisten Familie an Gullivers Tische zu speisen. So unangenehm dieses auch Gulliver war, so konnte er es
doch nicht hindern. Wie also die hohen Herrschaften angekommen waren, so setzte er einen
nach dem andern in seinem Seßel auf den
Tisch vor sich hin, Flimnap befand sich auch
mit unter dem Kayserlichen Gefolge, sah aber
Gulliver mit einer bösen Miene an, welches
jener nicht zu bemerken schien, sondern sich alles recht wohl schmecken ließ, worüber der ganze Hof in die größte Verwunderung gerieth.
Indeßen schien ihm doch dieser Besuch nicht so
recht von Nutzen zu seyn, denn Flimnap war
sein größter Feind, und hatte dem Kayser schon
oft gesagt daß er große Summen auf Inte-
reßen aufnehmen müßte, das die Bankozettel
nicht mehr unter 9 pro Cent in Cours stün-
den, und daß dieser große Mann Seiner Majestät schon auf anderthalb Millionen Sprugs *)
gekostet

*) Sprug ist eine Art Goldstücke, von der Grö-
ße eines Flittergens womit bey uns die Schuhe
der Damen gestickt werden.

F

gekostet hätte, es wäre daher das beste daß man
ihm seiner Wege gehen ließ, wenn man nicht
einen gänzlichen Ruin befürchten wollte. Hierzu
kam noch. Der Großschatzmeister hatte sich im
Kopf gesetzt, daß Gulliver in seine Gemahlin
verliebt sey, ja man war so boshaft gewesen,
daß man dem Schatzmeister glaubend gemacht
hatte, seine Gemahlin habe Gulliver einst in seinem Hause ganz allein besucht, wodurch die Ehre
dieser Dame in einen üblen Ruf gekommen war.

Gulliver hörte diese Verleumdung und ver-
theidigte die Ehre dieser Dame aufs beste und
freimüthigste, er führte unter andern zu seiner
Rechtfertigung mit an: daß es ganz wahr sey
daß ihm diese Dame besucht habe, aber nicht
allein, sondern allemal in Begleitung ihrer Schwe-
ster, ihrer Tochter, und einer andern guten
Freundin, wo aber jedesmal die Kutsche vor der
Thüre stille gehalten, und er aus seinem Haus
heraus gekommen um die Herrschaften zu kom-
plimentiren, welches er auch bey den andern Hof-
damen gethan habe, und es könnten alle seine
Bediente attestiren daß er das zehntemal nicht
gewußt habe was vor eine Herrschaft in dem
Wagen befindlich war. Oft hab er ihnen da
auch ein Vergnügen gemacht, und sie mit Kutsch
und Pferde auf seinem Tisch gesetzt, wo er oft
3 bis 4 Herrschaftswagen drauf gehabt habe,
und

und während der Zeit ein Wagen still hielt um ihm recht genau zu betrachten, so fuhren die andern zum Zeitvertreib auf seinem Tisch herum. Auf solche Art habe er sich manchen Nachmittag vergnügt, und er fodere alle und jede, besonders aber die beyder Spions des Schatzmeisters Clustrill und Drunlo, ob sie ihm beweisen könnten, daß je ein Mensch allein bey ihm gewesen sey, außer der Geheime-Sekretair Reldresal, der aber selbst von Seiner Majestät geschickt war, mit ihm allein zu sprechen. Gulliver würde die Sache nicht so hitzig vertheidigt haben, wenn nicht die Ehre der Dame, und seine eigene damit verknüpft gewesen wäre, zumal als Natdac, welches der Großschatzmeister nicht ist, denn er war nur ein Slumglum, und nur durch sein Amt hatte er einiges Vorrecht vor ihm.

Flimnap machte seiner Frau saure Gesichter und Gullivern ebenfalls, und ob ihm gleich der üble Verdacht benommen würde, so hatte er doch so einen Haß gegen ihn, daß er auch den Käyser eine üble Meynung von Gullivern beybrachte, dessen Gewogenheit sich auch sichtbarlich gegen ihn verringerte.

F 2   Neun-

Neuntes Buch.

Gullivers Flucht nach Blefuscu und wie er
daselbst empfangen.

Gulliver kannte bisher noch keine Kabalen des
Hofs, weil sein Stand ihm nicht erlaubt hatte
an einen zu kommen. Er hatte davon zwar verschiedenes gelesen, daß er aber selbst in einen so
entfernten Lande, die üblen Würkungen davon
erfahren sollte, hatte er sich wohl nicht träumen
lassen.

Er war eben im Begriff seine Sachen in
Ordnung zu bringen und eine Reise nach Blefuscu zu machen, als mitten in der Nacht ein Herr
(der ehedem bey dem Kayser in Ungnade gefallen wär, und den Gulliver einen wichtigen Dienst
erzeigt hatte) vor sein Haus anlangte und ihm
allein zu sprechen verlangte. Gulliver nahm den
ganzen Tragseßel nebst den Herrn in die Hand,
steckte ihn in die Tasche, schickte die Träger zurück und befahl seinen Bedienten, auf der er sich
verlaßen konnte, niemanden vor zu laßen weil
er unpäßlich wäre, und sich niederlegen wollte.
Nachdem er die Thüre verriegelt hatte, setzte er
der Tragseßel mit den Herrn auf den Tisch und

nach

nachdem die ersten Höflichkeits Complimente vorbey waren, so sagte er, er habe ihm etwas zu entdecken das seine Ehre und sein Leben beträf, er bäth ihm daß er ihn anhören möchte.

Die eigenen Worte dieses Herren waren also folgende:

" Es haben sich schon lange einige Geheime-Räthe Deinetwegen versammlet um etwas gegen Dich aufzubringen was Dir nachtheilig seyn könnte, vor zwey Tagen haben sie endlich ihren Zweck erreicht, und der Kayser hat einen Entschluß gefaßt, der sehr schlim für Dich ausfallen wird.

Gleich wie Du hier in dieses Reich ankamst war der Erbadmiral Skyresh Bolgolam Dein Feind, und dadurch daß Du die ganze Flotte unserer Feinde erobertest ist er es noch mehr worden, weil dadurch seine Ehre sehr gelitten hat. Dieser, der Großschatzmeister, (der wegen seiner Gemahlin dein Feind auch ist) der General Limtoc, der Cammerherr Lalcon, und der Obergerichts Präsident Balmuff haben eine Klage gegen Dich eingegeben, worinnen sie Dich der Verrätherey und anderer Verbrechen beschuldigen. Aus Dankbarkeit Deine Verdienste die Du mir ehedem geleistet, habe ich von der Sache, genaue Erkundigungen eingezogen; und die Aufsatzpunkte abschreiben lassen, welche ich Dir hier vorlesen will,

will, wüßte man es, so würde mirs gewiß mein
Leben kosten.

Erstens.

Unter der Regierung des seelig verstorbenen
Kaysers Calin Deffar Plune ist ein Edict her-
ausgekommen nach welchem kein Mensch bey Verlust seines Lebens sich unterfangen soll sein Waßer
nächst der Kayserl. Burg zu laßen. Dieses Gesetz hat der Mann genannt Berg unter dem
Vorwande das Feuer (welches in den Zimmern
Ihrer Majestät der Kayserin ausbrach) damit zu
löschen, übertreten. Und dadurch die schuldige
Ehrerbietung, die er seiner Majestät dem Kayser
und der Kayserin schuldig war, gröblich beleidigt.

Zweitens.

Da der Mann Berg die Flotte der Feinde
in den Kayserlichen Hafen von Lilliput gebracht
hatte, und ihm der Befehl gegeben wurde, sich
auch der andere Schiffe zu bemächtigen, und das
ganze feindliche Reich zuerobern, und die Rä-
delsführer die sich dahin geflüchtet hatten, um
die Einwohner in ihrer Meynung wegen Eröf-
nung der Eyer zu bestärken, getödet und ausge-
rottet werden möchten, als ein Verräther seiner
allerhöchsten Kayserl. Majestät, dieses Dienstes
geweigert, unter dem Vorwande, ein unschuldi-
ges

ges und freyes Volk nicht in die Sklaverey zu
bringen.

Drittens.

Hat er sich den feindlichen Gesanden die um
Friede zu bitten in unsre Reich gekommen waren, treulichst angenommen, ihnen Muth zuge-
sprochen, sie mit Lustbarkeiten ergötzt, und sich
dadurch der Verrätherey schuldig gemacht, weil
er doch ein Diener seiner Majestät des Kayser
war, der sich als ein Feind der Blefusktier erklärt
und einen schweren Krieg mit ihnen geführt hatte.

Viertens.

Handelt er der Pflicht eines treuen Unter-
thans dadurch zuwider, indem er in das feindliche Reich reisen will, (welches ihm Seine
Majestät der Kayser nur mündlich zugestanden
haben) um den Feinden zu helfen, zu rathen,
und ihnen beyzustehen.,,

Dieses sind die wichtigsten Punkte, weswegen man Dich angeklagt hat. Seine Majestät
waren zwar sehr gelinde gegen Dich als ihm diese
Punkte vorgelegt wurden, indem Sie Deine Dienste die Du Ihm erwiesen habest erwogen, allein
der Großschatzmeister und der Admiral bestanden
darauf, daß Du am Leben gestraft werden müß-
test, und daß man dieser wegen Dein Haus in

F 4   Brand

Brand stecken sollte, damit du verbrennen möch-
test. Der General that den Vorschlag 20000
Mann zu commandiren die Dir mit giftigen Pfeilen das Gesicht und Hände verwunden sollten.
Andere aber meinten, man sollte Deine Bedienten
bestechen, und ihnen anbefehlen, mit einem giftigen Safte Deine Hemden und Betten zu bestrei-
chen, wodurch Du unter den heftigsten Martern
sterben würdest. Allein der Kayser der Dir gerne
das Leben retten wollte brachte Deine Feinde
auf seine Seite, und ertheilte den Ober-Secre-
tair Reldresal seine Meynung mit, welcher Dich
auf das Beste zu vertheidigen suchte. Er gestand
zwar ein, daß Deine Verbrechen groß wären,
daß aber die Gnade eines Fürsten schöner sey
als Grausamkeit. Man wüßte zwar das Du
ein großer Freund vom ihm seyst, und daß
man ihm daher der Partheylichkeit beschuldigen möchte, allein wenn es Ihro Majestät der
Kayser erlaubten, so wollte er seine Meinung
sagen. Die Dienste die Du Seiner Majestät erwiesen, wären doch immer so groß daß man Dir
das Leben nicht nehmen könnte, er glaubte daher
daß der Gerechtigkeit einiger maaßen genüge geleistet würde wenn man Dir beyde Augen ausstechen ließ, dadurch würde die Gelindigkeit und
Grosmuth des Kaysers und seiner Räthe in der
ganzen Welt bekannt und gerühmt werden. Du
würdest

würdeſt auch dennoch Seiner Majeſtät Dienſte
leiſten können, denn Blindheit vermehrte den
Muth und machte die Gefahren in dem ſie nicht
zu ſehen wären, nicht ſo groß, eben dieſ wäre
ja auch da zu mal eine Schwierigkeit geweſen,
welche du gehabt hätteſt, als Du die feindliche
Flotte erobern wollteſt. Und Du würdeſt zufrieden ſeyn durch die Augen der Miniſter zu ſehen,
da ſich die größten Fürſten derſelben auch bedienten.

Ueber dieſen Vorſchlag geriethen alle Räthe
und Miniſter in die größte Wuth gegen Keldre-
ſal. Der Admiral Bolgolam ſtand auf, und
ſagte, es wäre nicht erlaubt, daß ſich der Secretair erdreuſtete einen Verbrecher das Leben retten zu wollen. Deine geleiſteten Dienſte machten
gerade deine Verbrechen noch größer, denn eben
ſo gut als Du unter dem Vorwand mit Deinem
Waßer das Feuer zu löſchen im Stande geweſen
wäreſt, könnteſt du auch zu einer andern Zeit
das ganze Kayſerl. Schloß damit wegſpühlen.
Eben die Stärke die Du angewendet hätteſt die
feindliche Flotte herüber zu ziehen, könnteſt du
dir auch bedienen, um ſolche wieder hinüber zu
bringen. Und er hätte ſchon gemerkt daß Du auch
der falſchen Religion zugethan wäreſt die Eyer
nach der alten Art aufzumachen, alles dieſes wären Gründe Dir das Leben nach allen Recht ab-
zuſprechen. Dieſes behauptete auch der Groß-

F 5   ſchaß

Schaßmeister, denn sagte er, wenn man Dir blos
die Augen ausstechen würde, so könnte das Uebel
nur noch größer werden, alsdann würdest Du
nur mehr essen wie man der Exempel an den
Thieren hätte, die, wenn sie blind wären auch
fetter würden und mehr fräßen, dadurch würde
die Kayserl. Schaßkammer von allen Geldern
entblößt werden, und ein gänzlicher Untergang
stünde alsdann demselben bevor.

Der Kayser aber der fest beschloßen hatte
Dir das Leben zu erhalten sagte hierauf daß man
Dir nach Ausstechung der Augen noch eine andere
Strafe auferlegen könne. Dein Freund Keldresal, bath sich noch einmal die Erlaubniß aus auf
dasjenige was der Groß-Schaßmeister wegen dei-
nes Unterhalts vorgebracht habe, etwas zu sagen.
Es wurde ihm gewährt, und er sagte: daß diesem Unheil leicht dadurch abzuhelfen sey, wenn
man Deine tägliche Kost vermindere, so würde
Dir dadurch der Appetit vergehen, und Du würdest kraftlos werden, und Dich abzehren, Dein
Körper der als dann nicht so fett mehr wäre,
würde auch nach Deinem Tode keinen so großen
Gestank verursachen können, und das Fleisch von
Deinen Knochen könnten in Zeit von ein paar
Tage 4000 Mann ablösen und es an einen ent-
legenen Ort in die Erde vergraben, daß man
keine Pest zu befürchten nöthig habe, das Gerip-

pe

ze aber könnte zum ewigen Andenken auf die Nachkommenschaft liegen bleiben. Es wurde also dem Secretair das Geschäft aufgetragen, Dir dieses Urtheil zu überbringen, allein die langsame Art deines Todes sollte er Dir verschweigen. Der Admiral Bolgolam war aber immer noch der Meinung Dich augenblicklich am Leben zu strafen, denn er war ein Liebling der Kayserin, welche ihm, (wegen ihres Haßes denn sie auf Dich geworfen wie Du das Feuer in ihren Zimmern gelöscht hattest), immer anlag, Deinen schleunigen Tod zu befördern.

Es wird daher in Zeit von 3 Tagen der Geheime Secretair zu Dir kommen, Dir die Anklagepunkte vorlesen, und das Urtheil, Dir die Augen auszustechen, bekannt machen. Seine Majestät zweifeln nicht daran daß Du diese große Gnade erkennen und Dich der Strafe willig unterwerfen werdest. Es sind 20 Wundärzte beordert worden der Execution mit beyzuwohnen, damit solche, durch Abschießung giftiger Pfeile in Deine Augen, indem Du auf der Erde liegest, richtig vollzogen werde.

Nun weißt Du alles, und wirst Dich darnach zu richten wissen, ehe ich aber von Dir gehe, bitte ich Dich noch, mich nicht zu verrathen. Mit diesen Worten verließ er Gulliver, welcher ganz

erstaunt

erstaunt da saß und von tausend unruhigen Gedanken gequält wurde.

Von Alters her war es der Gebrauch daß
wenn ein Urtheil gefällt werden sollte, der Kayser allezeit bey völliger Rathsversammlung eine
Rede halten mußte, worinnen er seine Gnade und
Milde als eine gewöhnliche Sache anpries, so eine
Rede wurde allemal bekannt gemacht, also auch
diese welche er bey Gullivers Urtheil gehalten
hatte, jemehr aber die Gnade des Kayser in so
einer Rede geschildert wurde, desto ungerechter
war die Strafe des Verbrechers, und desto größer seine Unschuld, weil dieses daher Gulliver
nicht wußte, so glaubte er daß seine Strafe
höchst unbarmherzig und grausam sey. Er wollte
oft gegen dieses Urtheil appelliren, weil er aber
gelesen hatte daß dergleichen Proceße immer zu
Gunsten der Richter ausgefallen waren, so konnte er dieses hier am allerwenigsten vermuthen,
da er so große Feinde gegen sich hatte, Er dachte
darauf Gewalt zu brauchen, und das ganze Reich
zu vernichten, denn es wäre ihm eine leichte
Sache gewesen die Hauptstadt mit Steinen ein-
zuwerfen, allein hier fiel ihm sein Eid bey welchen er dadurch brechen würde, auch der
Gnade des Kaysers verlustig werden, daher
verwarf er diesen Plan, auch hatte er noch
die Hoffnung daß ihm der Kayser vermöge seiner

Dienste

Dienste, von dieser Strafe gänzlich lossprechen würde.

Nach vielen hin und her sinnen faßte er endlich den Entschluß nach Blefustu zu reisen. Man muß dieses hier Gulliver verzeihen, denn seine Freiheit und seine Augen waren ihm lieb, hätte er die Art und Weise gewußt mit welcher Fürsten die Verbrecher behandeln, die weniger noch als er verschuldet haben, so würde er sich mit größter Bereitwilligkeit der Strafe unterworfen haben, aber seine Unerfahrenheit und jugendl. Hitze waren daran Schuld dieses zuthun. In dieser Rücksicht schrieb er einen Brief an den Geheimen Secretair, worinnen er ihm seine Abreise bekannt machte, und ohne erst auf Antwort zu warten, gieng er in den Hafen, wo die eroberte feindliche Flotte lag, hier nahm er eines der größten Linien-Schiffe, legte seine Bettdecke und seine Kleider hinein, befestigte ein Seil daran, zog es halb schwimmend, halb gehend hinter sich nach, und gelangte zur Freude der Einwohner von Blefustu glücklich daselbst an.

Hier wurden ihm zwey Wegweiser mitgegeben, welche er 200 Ruthen bis vor die Stadt in seiner Hand trug wo er sie ersuchte hinein zu gehen, seine Ankunft zu melden, und zu sagen daß er die Befehle Seiner Majestät erwarte. Es kamen hierauf in Zeit von einer Stunde ein

paar

paar Kayserliche Abgesande mit der Antwort daß Ihro Majestät gleich selbst in Begleitung der ganzen Kayserl. Familie herauskommen und ihn selbst empfangen würden. Gulliver gieng bey dieser Nachricht näher nach der Stadt, wo ihm der Kayser zu Pferde und die Kayserliche Familien, begleitet mit einer Menge Hofdamen, in Carossen begegneten, der Kayser stieg sogleich vom Pferde und die andern stiegen ebenfalls aus den Wagen, doch ohne einige Furcht.

Gulliver legte sich nieder um seiner Majestät dem Kayser und der Kayserin die Hand zu küßen, und sagte, daß er mit Bewilligung seines allergnädigsten Herrn, gekommen wäre einen so mächtigen Monarchen zu sehen, und ihm seine Dienste, in so fern sie nehmlich mit der Treue die er seinem Herrn schuldig wäre übereinkämen, anzubiethen, daß er in Ungnade gefallen war sagte er nicht, weil ihm selbst solches noch nicht bekannt gemacht worden. Er wurde mit aller möglichen Achtung aufgenommen, mußte aber weil kein Behältniß für ihm da war auf der bloßen Erde schlafen, welches ihm eben nicht bequem zu seyn dünkte.

Zehn-

Zehntes und leztes Buch.

Durch einen glücklichen Zufall kommt er von Blefusku weg, und langt glücklich in sein Vaterland an.

Schon war Gulliver 3 Tage zu Blefusku, besahe sich die schönen Gegenden, und freute sich darüber. Den 4ten Tag gieng er auch an der Lüste der Insel spazieren, und wurde von ohngefehr ein umgekehrtes Boot in der See gewahr, welches vermuthlich von einem verunglückten Schiff abgekommen seyn mußte. Er gieng so gleich nach der Stadt zurück und ersuchte Seine Majestät dem Kayser ihm 20 Linien-Schiffe (die der ganzer Rest von der geraubten Flotte waren) und 3000 Matrosen unter dem Commando eines Unteradmirals zu kommen zu laßen, diese mußten nach der Gegend hinsegeln wo das Boot lag, auch hatten sie große Seile bey sich, um das Boot an ihre Flotte zu befestigen. Gulliver zog sich hierauf ans und schwam selbst nach dem Boote zu, er befestigte hierauf ein Seil an den einem Ende des Bootes, und an die Flotte, es war aber fast ohnmöglich das Boot fort zu ziehen, weil er immer schwimmen, und das Boot

vor

vor sich, herstoßen, mußte, endlich aber könnte er
auf den Grund der See fußen, die Matrosen
ruderten, der Wind war auch günstig, Gulliver
gieng im Waßer hinter dem Boot her und schob
nach, und so brächten sie es endlich bis noch einige 40 Ruthen vor das Ufer, nun wartete er
auf die Ebbe, und zog es vermittelst 2000 Matrosen ans Land.

Er fand daß es fast gar nicht beschädigt
war, aber wo er Ruder hernehmen sollte dies
gieng ihm in Kopf herum, endlich nachdem er
10 Tage darüber zugebracht, so hatte er zwey
verfertigt, und ruderte damit in den Hafen vor
Blefusku, wo eine Menge Menschen versammelt
waren, welche sich über das große Fahrzeug aus-
erordentlich verwunderten.

Gulliver sagte zum Kayser daß ihm dieses
Boot das Glück zugesand habe, um vielleicht damit in sein Vaterland kommen zu können, er
bitte daher unterthänigst, ihm einige Materialien
zur Ausbeßerung deßelben, anschaffen zu laßen,
und die Erlaubniß zu geben, nachher wieder fort
reisen zu dürfen, welches er den auch gleich be-
willigt bekam.

Noch hatte der Kayser von Lilliput keine
bösen Gedanken auf Gulliver, denn er glaubte
daß er sich nur würde seiner Erlaubniß bedient
haben und in Blefusku einen Besuch abstatten,

nachher

nachher sich aber wohl wieder einfinden würde.
Wie er aber so lange ausblieb so fertigte er einen
Gesanden mit den Anklagpunkten an den Kayser von Blefusku ab, welcher den Auftrag hatte
die große Gelindigkeit seines Herrn vorzustellen,
der den Verbrecher, der doch das Leben verschuldet habe, nur seiner Augen berauben laßen wollte, daß er aber nun der Gerechtigkeit entlaufen
sey, er bäthe daher seiner Majestät dem Kayser
von Blefusku ihm binnen 2 Stunden ausliefern
zu laßen, wiedrigenfalls er seines Nardac-Tittels
beraubt und als ein Verräther erklärt werden
würde. Endlich ließ er auch seinem Bruder dem
Kayser von Blefusku bitten den Verbrecher erstlich
binden zu laßen, damit er nicht noch einmal aus
den Händen der Gerechtigkeit entlaufen könne.

Der Kayser von Blefusku gab nach 3 tägiger
Bedenkzeit dem Gesanden folgende Antwort, mit
vielen begleitete Complimente und Entschuldi-
gungen.

Diesen Mann Berg genannt, zu binden
wußte sein Bruder der Kayser von Lilliput sehr
wohl daß es eine unmögliche Sache sey, und ohnerachtet er ihm auch durch den Verlust seiner
Flotte großen Schaden gemacht habe, so hätte er
ihm doch auch beym Friedensschluß noch viel grö-
ßere Dienste geleistet, übrigens würden beyde
Reiche bald seiner Last entledigt werden, denn er

G   hätte

hätte vor einigen Tagen ein sehr großes Schiff
auf dem Meer gefunden, mit welchem er nachdem
er es ausgebeßert haben würde, in sein Vaterland zurück kehren wolle.

Nachdem der Kayser den Gesandten mit dieser Antwort zurück geschickt hatte, so erzehlte er
Gullivern die Bitte seines Bruders ihn auszu-
liefern, zugleich aber that er ihm das Anerbiethen, daß er ihm wenn er in seine Dienste treten
in Schutz nehmen wollte. Gulliver der zwar
dieses Anerbiethen für keine Schmeicheley hielt,
schlug es aus, und dankte mit der tiefsten
Ehrfurcht für die Kayserliche Gnade, da ihm
aber das Glück ein Mittel an die Hand gegeben habe wodurch er in sein Vaterland zurück kommen konnte, so wollte er dieses lieber
wagen als an den Mißhelligkeiten zweyer so großer Monarchen einige Schuld zu haben, damit
waren auch Seine Majestät der Kayser zufrieden.

Gulliver beschloß nun seine Reise so geschwind
als möglich, wozu ihm der Hof der es gern
sah daß er bald weggehen mochte auch behülflich war. ●

Fünfhundert Menschen mußten an einem
Segeltuch, von den gröbsten Leinewand die nur
zu haben war, 13 Fach über einander nähen,
                                        Gulli-

Gulliver aber machte sich die Seile deren er
so der stärksten von den ihrigen zusammen drehte
und anknüpfte, selbst. Das Fett von 300 Ochsen
wurde ihm gegeben sein Boot einzuschmieren, und
es auch zu andern Sachen zu gebrauchen. Die
mehreste Mühe machten ihm die Masten, und
die Ruder, in deßen halfen ihm doch Seiner
Majestäts Schiffszimmerleute solche gleich hobeln,
nachdem er erst das gröbste abgehauen hatte.
Ein großer Stein den er auch mit vieler Mühe
am Ufer fand mußte sein Anker werden.

In Zeit von einen Monath war das ganze
Schiff fertig, wo er denn dem Kayser zu wißen
that daß er nun reisefertig sey, und Seiner Majestät Befehle erwartete, und den allerunterthänigsten Abschied zu nehmen gesonnen wäre.
Der Kayser, die Kayserin und alle Prinzen und
Prinzeßin kamen selbst zu ihm. Gulliver legte
sich nieder auf die Erde ihnen die Hände zu küßen,
welche sie ihm auch alle darreichten. Seine Majestät der Kayser beschenkte ihm mit 50 Beuteln
worinne in jeden 200 Sprugs waren, und mit
seinem Portrait in Lebensgröße, letzteres wickelte
er sorgfältig in seinem Handschuh damit es nicht
zu Schaden kommen konnte.

Sein Schiff ward mit hundert geschlachte-
ten Ochsen, 300 Schafen, und so viele Gerichte

G 2   als

als 400 Köche zubereiten konnten, nebst Brod und Getränke, verproviandtirt. Sechs Kühe, 2 Stiere, und eben so viel Schaafe und Widder nahm er lebendig mit ins Boot, in der Absicht sie mit nach Engelland zu bringen, und ihr Geschlecht sich vermehren zu laßen. Zu ihren Futter hatte er ein Bündel Heu und einen Sack mit Geträide bey sich. Auch wollte er eine Anzahl Einwohner gerne mitgenommen haben, allein Seine Majestät untersagten ihm dieses aufs schärffste keinen Menschen von Seinen Unterthanen wenn es auch deren eigner Wille wäre mit reisen zu laßen, zur größten Vorsorge wurden ihm vorher noch alle Taschen visitirt.

Den 24 Sept. 1707. gieng er, nachdem er alles aufs Beste eingerichtet hatte, unter Segel, und als er ohngefehr 4 Meilen nordwärts gesegelt war, entdeckte er eine kleine Insel, und da sie ihm unbewohnt zu seyn schien, so landete er daselbst und nachdem er etwas gegeßen hatte legte er sich zur Ruhe.

Es war beynahe Tag wie er erwachte; der Mond schien hell, er lichtete daher seinen Anker, und setzte seine Reise weiter fort, wobey ihm ein Taschencompas den er noch bey sich verborgen gehalten hatte, gute Dienste leistete.

Gullivers Abſicht war eine von denen Inſeln zu erreichen die gegen Van Diemens Land nordwärts zu liegen mußten, er konnte aber nichts davon entdecken. Den folgenden Tag, wie er ohngefehr 24 Meilen von Blefuſku war, ſahe er ein Segel das nach Südoſten gerichtet war. Er rief, erhielt aber keine Antwort. Er gewann aber, weil der Wind etwas nachließ, endlich den Weg über das Schiff, und es wurde ſeiner gewahr, worauf es die Flagge ausſteckte und ein Signal durch Schießen gab. Gulliver hüpfte vor Freuden in ſein Boot herum, als er ſahe das es ein engliſches Schiff war. Er ruderte ſo geſchwind wie möglich darauf zu, und das Schiff ſelbſt zog einige Seegel ein, ſo daß er es erreichte. Er ſteckte geſchwind ſein lebendig Vieh in die Taſche, und brachte ſeinen ganzen übrigen Vorrath am Bord.

Es war ein Kauffartheyſchiff, welches von Japan durch die Nord- und Süd-See zurück kam, der Capitain der es führte hieß Joh. Bidſel von Deptfoed. Es waren ohngefehr einige 50 Mann darauf, worunter noch ein alter Cammerad von ihm war, welcher ihm bey dem Capitain ſehr recommandirte. Letzterer fragte ihm, wo er her käme oder wo er hin gedächte, worauf ihm Gulliver alles erzählte.

Der

Der Capitain glaubte Gulliver sey nicht
recht bey Sinnen, bis er endlich das Vieh aus
der Tasche brachte, worüber er sich nicht wenig
verwunderte. Von dem Vieh versprach ihm
Gulliver sobald sie zu Hause kämen zwey Stück
zu überlaßen, auch schenkte er ihm 2 Beutel mit
Sprugs und noch andere Kleinigkeiten die er
von Lilliput und Blefusku mitbrachte.

Nachdem sie eine ganz glückliche Reise gehabt hatten, so langten sie den 13 April 1702
in Dünen an. Gulliver hatte mit seinem kleinen
Vieh ein Unglück, denn die Mäuse hatten den
einen Schaafe beynahe das eine ganze Bein ab-
gefreßen, die übrigen aber waren alle munter, er
setzte sie zu Greenwich, wo sehr zartes Gras
wuchs, auf einen Flecken, und sahe wie sie sich
zu seiner größten Freude recht mäßteten, denn er
hatte nicht geglaubt daß er sie lebendig fortbringen würde, auch wäre es nicht geschehen, wenn
ihm nicht der Capitain etwas von seinem fein-
sten Zwirbach gegeben hätte, welchen er klein rieb
und mit Waßer vermischte, dieses war auf dem
Schif ihre Nahrung.

Die Zeit aber als er in England blieb, ließ
er sie für Geld sehen, und wie er wieder fort-
reiste, verkaufte er sie um 600 Pfund. Das
Vieh hat sich nachdem stark vermehrt, wegen

n2   ihrer

ihrer zarten Wolle haben sie gewiß den Ma-
nufacturen großen Nutzen gestiftet.

Gulliver blieb bey seiner Frau und Kindern
nur zwey Monathe, nach deren Verlauf er wieder fortreißte, nachdem er seine Frau 1500
Pfund hinterlaßen und ihr zu Redriff ein Logis
gemiethet hatte, sein übriges Geld nahm er mit
sich um vielleicht seine Umstände dadurch zu ver-
beßern.

Bey den Abschied von seiner Frau und
Kindern floßen Thränen der innigsten Rührung,
die nicht beschrieben, sondern nur empfunden werden können.

Und so gieng er am Bord des Schiffes genannt der Waghals, welches nach Surate bestimmt war, und reißte unter tausend Seegens-
wünschen von seiner Familie wieder fort.

Ich werde, wenn meinen Lesern dieser Versuch gefallen hat, auch seine zweyte Reise, beschreiben.

Kopenhagen, gedruckt bey P. H. Höecke.